路易斯·卡洛爾 ｜作者｜

LEWIS CA

英國知名作家、數學家

原名查爾斯·道吉森（Charles Lutwidge Dodgson），出生於英格蘭柴郡，就讀牛津大學基督書院。一八六二年，他對基督學院院長利德爾（Henry Liddell）講述了一個小女孩掉落兔子洞的故事，就這樣開始了愛麗絲的不朽冒險之旅。一八六五年，他終於以筆名路易斯·卡洛爾（Lewis Carroll）出版《愛麗絲夢遊仙境》，而「愛麗絲」也是英國文學中最受歡迎的女主角之一。

約翰·譚尼爾 ｜繪者｜

JOHN TENNIEL

英國插畫家。曾就讀皇家藝術學院。

為《愛麗絲夢遊仙境》及《愛麗絲鏡中奇遇》兩書特別繪製的插圖而出名。一八九三年，因其藝術成就，被維多利亞女王封為爵士。

劉開鈴 ｜譯者｜

實踐大學高雄校區博雅學部副學部主任、實踐大學高雄校區應用英語學系系主任、國立成功大學外文系教授、國立成功大學新聞中心主任、國立成功大學性別與婦女研究中心主任

專長：十九世紀美國文學、婦女研究

COVER DESIGN ｜ WAN_SHENG AN wanshengan@gmail.com

Alice's Adventures in Wonderland

愛麗絲夢遊仙境

復刻1865年初版Tenniel爵士插圖42幅

獨家收錄愛麗絲奇幻國度特輯

路易斯・卡洛爾
LEWIS CARROLL

"Only Lewis Carroll has shown us the world
upside down as a child sees it,
and has made us laugh as children laugh."

— Virginia Woolf —

一起掉落兔子洞吧！

英國奇幻文學經典
愛麗絲奇幻國度特輯

◆最擅長說故事的數學家—路易斯．卡洛爾

♣故事主角原型：愛麗絲．利德爾

♥廣受喜愛的童話，多國翻譯，擁有眾多插畫版本

♠《愛麗絲夢遊仙境》的重要角色

◆影響無遠弗屆，展覽與周邊商品無數

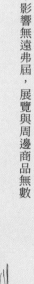

最擅長說故事的數學家——路易斯．卡洛爾

一八六二年，一位害羞、講話還會結結巴巴的牛津數學家查爾斯．道吉森（Charles Lutwidge Dodgson）創造了一個奇幻國度，他對三位女孩講述了一個小女孩掉落兔子洞的故事，就這樣開始了愛麗絲的不朽冒險之旅。一八六五年，他終於以筆名路易斯．卡洛爾（Lewis Carroll）出版《愛麗絲夢遊仙境》，而「愛麗絲」也是英國文學中最受歡迎的女主角之一。

路易斯．卡洛爾曾就讀牛津基督書院（CHRIST CHURCH, OXFORD），一八五四年，他在這所學院獲得數學學術考試的一等榮譽，並且是全校第一名，得到了文學士的學位。

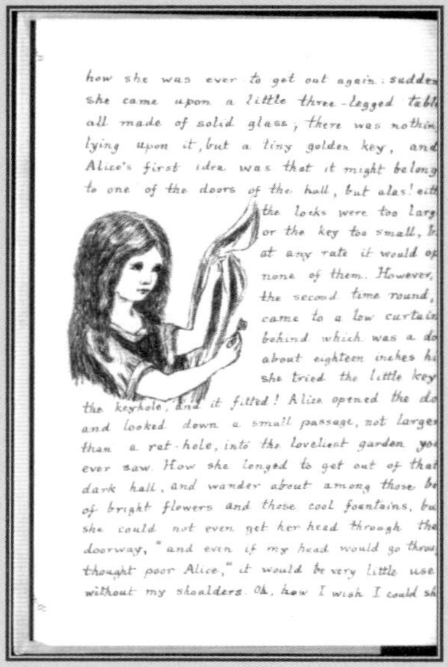

how she was ever to get out again: sudden
she came upon a little three-legged tabl
all made of solid glass; there was nothin
lying upon it, but a tiny golden key, and
Alice's first idea was that it might belong
to one of the doors of the hall, but alas! eith
the locks were too larg
or the key too small, b
at any rate it would op
none of them. However,
the second time round,
came to a low curtain
behind which was a do
about eighteen inches hi
she tried the little key
the keyhole, and it fitted! Alice opened the do
and looked down a small passage, not larger
than a rat-hole, into the loveliest garden yo
ever saw. How she longed to get out of that
dark hall, and wander about among those be
of bright flowers and those cool fountains, bu
she could not even get her head through the
doorway, "and even if my head would go throu
thought poor Alice," it would be very little use
without my shoulders. Oh, how I wish I could sh

左上：路易斯・卡洛爾

（©Stuart Dodgson Collingwood@Wikimedia Commons）

右上：「天啊！」老鼠對著天空大喊。插畫家查爾斯 · 羅賓森於一九〇七年為《愛麗絲夢遊仙境》所繪製的插圖。

（©Carroll, Lewis & Robinson, Charles. Alice's Adventures in Wonderland, London: Cassell & Company, opp. p. 34 @Wikimedia Commons）

左下：書中左圖為路易斯・卡洛爾為《愛麗絲夢遊仙境》所繪製的插圖。

（©Alice's Adventures Under Ground, the facsimile edition published by Macmillan in 1886 ／ Lewis Carroll @Wikimedia Commons）

故事主角原型：愛麗絲・利德爾

愛麗絲・利德爾（Alice PleasanceLiddell），普遍被認爲是《愛麗絲夢遊仙境》主角原型，但作者路易斯・卡洛爾聲稱故事中的愛麗絲完全是虛構的，不是根據任何一個實際存在的孩子。實際上，愛麗絲・利德爾是牛津基督書院院長的女兒，路易斯・卡洛爾與利德爾一家關係相當要好，在一八六二年七月四日，路易斯・卡洛爾與利德爾家三姊妹外出野餐，在泰晤士河的划艇上，十歲的愛麗絲問路易斯能不能爲她們三姊妹講一個故事。於是，路易斯便爲三姊妹講了一個故事。故事中，一個叫愛麗絲的小女孩掉進了兔子洞，並發生一連串的奇遇冒險。而後，愛麗絲便問路易斯可不可把這個故事寫下來送給她。

愛麗絲・利德爾
（©Lewis Carroll@Wikimedia Commons）

上：利德爾家三姊妹。照片為路易斯·卡洛爾拍攝。
（©Lewis Carroll@Wikimedia Commons）

下：利德爾家三姊妹，最右側為愛麗絲。
（©Lewis Carroll@Wikimedia Commons）

廣受喜愛的童話，多國翻譯，擁有眾多插畫版本

《愛麗絲夢遊仙境》剛出版時，許多評論並不看好，但故事卻意外大受歡迎。《愛麗絲夢遊仙境》至今已經被翻譯為多國語言，版本眾多，大量被改編為電影，也是眾多舞台劇、電視節目、電影等藍本。

下方為一九一四年，南國學院（Southlands College，是英國 University of Roehampton 羅漢普頓大學的四所學院之一。）發行的《愛麗絲夢遊仙境》，當時大部分的版本皆是愛麗絲抱著小豬當作封面主要圖素。

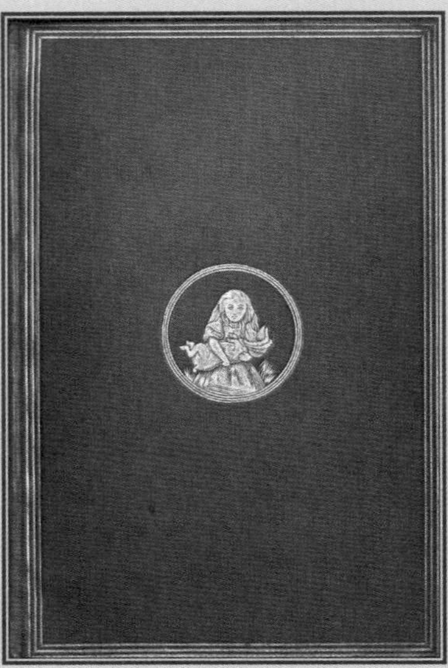

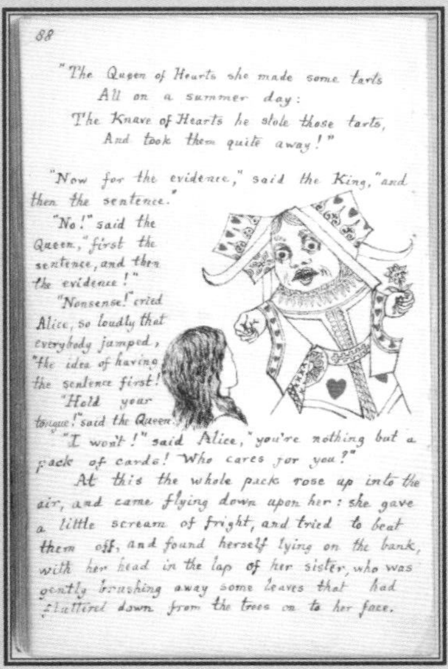

88

"The Queen of Hearts she made some tarts
All on a summer day:
The Knave of Hearts he stole those tarts,
And took them quite away!"

"Now for the evidence," said the King, "and then the sentence."

"No!" said the Queen, "first the sentence, and then the evidence!"

"Nonsense!" cried Alice, so loudly that everybody jumped, "the idea of having the sentence first!"

"Hold your tongue!" said the Queen.

"I won't!" said Alice, "you're nothing but a pack of cards! Who cares for you?"

At this the whole pack rose up into the air, and came flying down upon her: she gave a little scream of fright, and tried to beat them off, and found herself lying on the bank, with her head in the lap of her sister, who was gently brushing away some leaves that had fluttered down from the trees on to her face.

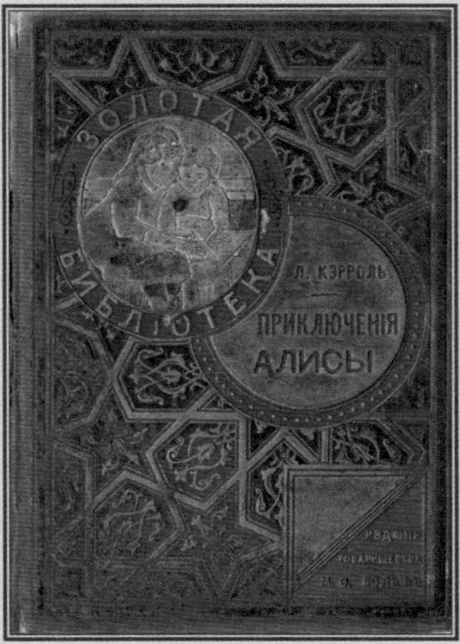

右上：一八六四年《愛麗絲夢遊仙境》手稿。
（©the British Library from its digital collections @Wikimedia Commons）

左上：此為一八六五年十一月出版的《愛麗絲夢遊仙境》。
（©https://alice.fandom.com/wiki @Wikimedia Commons）

左下：早期的俄文版的《愛麗絲夢遊仙境》，於一九一一年出版。
（©Book "Prikluchenia Alissy" (russian translation of "Alice's Adventures in Wonderland" by L. Carroll) published in 1911@Wikimedia Commons）

左上：〈瘋狂的茶會〉由插畫家亞瑟・拉克姆（Arthur Rackham）一九〇七年所繪製。

（© Black Morgan1907@ Wikimedia Commons）

右上：「她看見了一隻藍色的大毛毛蟲。」此為插畫家貝西・佩斯・古特曼（Bessie Pease Guttman）所繪製，於一九一一出版的《愛麗絲夢遊仙境》，柔和的色調呈現出另一種奇幻世界的面貌。

（© Book "Prikluchenia Alissy" (russian translation of "Alice's Adventures in Wonderland" by L. Carroll) published in 1911@ Wikimedia Commons）

左下：《布蘭德蘭的愛麗絲：虹彩夢》的封面。是約翰・班斯（John Kendrick Bangs）的小說，插畫則是由亞伯・里費林（Albert Levering）所繪製。這本書是一九〇七年在紐約首次出版，這是根據《愛麗絲夢遊仙境》和《愛麗絲鏡中奇遇記》的政治諷刺小說。

（©John Kendrick Bangs@ Wikimedia Commons）

《愛麗絲夢遊仙境》的重要角色

愛麗絲

英國文學史上最受歡迎的女主角之一。

此張圖收錄於一八六年出版的日文版《愛麗絲夢遊仙境》，出現在第十二章的「愛麗絲的證詞」。

(©Tenniel, John, Sir, 1820-1914. Studies for illustrations to Alice's adventures in wonderland : drawings, tracings, ca. 1864. bMS Eng 718.6 (12) Chapter 12: Alice's evidence, p. 177.@ Wikimedia Commons)

白兔

登場於書中的第六章。這張圖出現在第七章〈瘋狂的茶會〉。由插畫家查爾斯·羅賓森（Charles Robinson）所繪。

(©Carroll, Lewis & Robinson, Charles. Alice's Adventures in Wonderland, London: Cassell & Company, opp. p. 94@ Wikimedia Commons)

柴郡貓

登場於書中的第六章，是屬於公爵夫人的貓。

(©Illustrationen: John Tenniel@ Wikimedia Commons)

瘋帽匠

登場於書中的第六章。這張圖出現在第七章〈瘋狂的茶會〉。由插畫家查爾斯·羅賓森（Charles Robinson）所繪。

(© Carroll, Lewis & Robinson, Charles. Alice's Adventures in Wonderland, London: Cassell & Company, opp. p. 94@ Wikimedia Commons)

毛毛蟲

第五章最後段，愛麗絲發現了毛毛蟲。

「她墊起了腳尖，從蘑菇的傘緣瞧去，看到了一隻藍色大毛毛蟲，手臂交疊，安靜地抽著長長的水煙，坐在傘頂上，絲毫沒有注意到愛麗絲或任何其他的東西。」由插畫家亞瑟·拉克姆（Arthur Rackham）一九〇七年所繪製。

(© Black Morgan1907@ Wikimedia Commons)

紅心王后

王后厲聲質問：「這誰啊？」被問的紅心傑克只鞠躬微笑回應。

此圖出現在第八章〈王后的槌球場〉中。

(© John Tenniel@ Wikimedia Commons)

影響無遠弗屆，展覽與周邊商品無數

澳洲的 ACMI（澳洲動態影像中心）在二〇一八年的四月到十月，曾舉辦名爲《夢遊仙境》（Wonderland World premiere exhibition）的展覽。展覽完整介紹《愛麗絲夢遊仙境》故事場景、不同版本的《愛麗絲夢遊仙境》、作者草圖、電影分鏡、互動遊戲等。

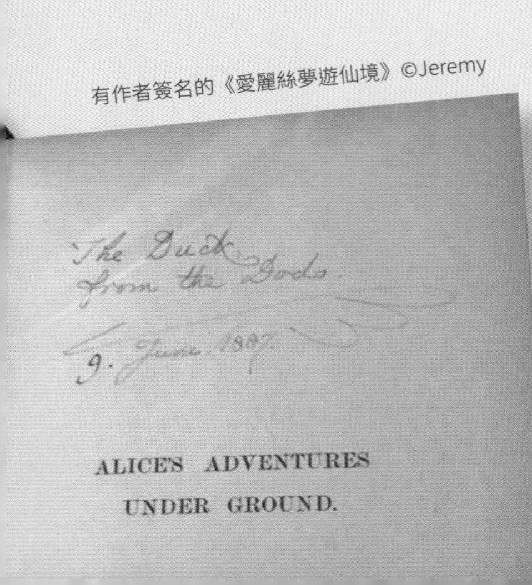

有作者簽名的《愛麗絲夢遊仙境》©Jeremy

Alice's Adventures in Wonderland

生動擬真的展場布置。©Jeremy

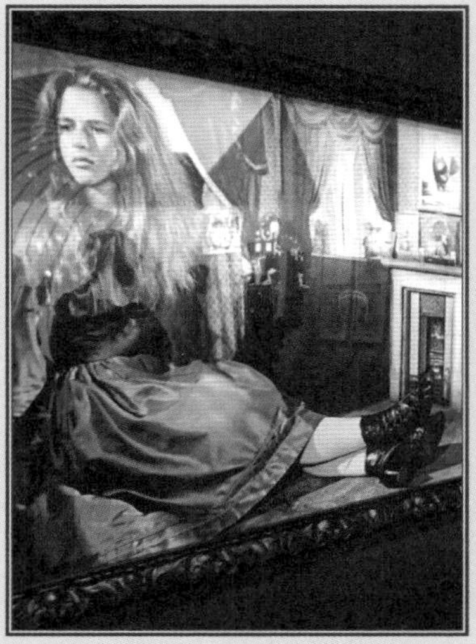

《愛麗絲夢遊仙境》電影劇照。©Jeremy

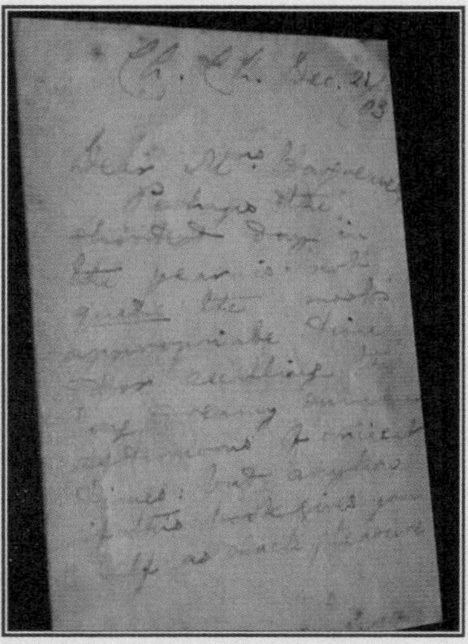

作者手稿。©Jeremy

改編電影《魔鏡夢遊》(Alice in Wonderland)中的服裝。©Jeremy

《愛麗絲夢遊仙境》木偶戲。©Jeremy

電影《愛麗絲夢遊仙境》的服裝。©Jeremy

《愛麗絲夢遊仙境》電影海報。©Jeremy

CONTENTS

目錄

愛麗絲奇幻國度特輯 3

序曲 19

第一章 掉落兔子洞 24

第二章 充滿淚水的池子 36

第三章 集會賽跑與長長的故事 49

第四章 白兔派了比爾爬下煙囪 62

第五章 毛毛蟲的建議 78

第六章 小豬和胡椒 95

第七章 瘋狂的茶會 114

第八章 王后的槌球場 132

第九章 假龜的故事 149

第十章 龍蝦方塊舞 166

第十一章 誰偷了果塔？ 184

第十二章 愛麗絲的證詞 198

復活節的問候 215

聖誕節的問候 219

Alice's Adventures in Wonderland

序曲

金色陽光的下午
我們優閒泛舟河上，
小手臂搖著槳，
技巧生疏用力划，
手兒小卻裝聰明，
指引我們胡亂遊。

你們三個任性的！此時，
在這夢般的天氣裡，
吵著聽故事，
也不管我懶散到連根輕輕的羽毛都吹不動！
無奈我一個人小小的聲音，
哪擋得住三張嘴加起來的力道？

專橫的大姊先起頭，
宣布「開始講故事」，
客氣點的二姊希望

「故事裡有荒誕神奇的事」，
小妹聽故事愛插嘴，
沒一分鐘就打岔。

三個姊妹很快靜下來，
在故事的想像世界裡，她們追著
那個做夢的孩子，走過
瘋狂驚奇的奇幻之境，
和鳥獸親切閒談，
還半信半疑相信這一切都是真的。

終究故事說不下去了，
靈感之泉乾涸，
說故事的人疲倦了，
想先停下，
「等下次再說」——「現在就是下一次！」
三個快樂的聲音大叫著。

於是奇境故事愈來愈長：
慢慢地，一個接一個，
古怪的情節被編出來。
現在故事講完了，

在夕陽下，
快樂的我們向家航行。

愛麗絲！請收下這個童趣的故事，
用妳溫柔的手，
將它放在童年夢想交織的地方，
在記憶的神祕套環裡，
它就像朝聖者枯萎花環上的花朵，
能從遙遠的奇境裡給採摘出來。

1

CHAPTER

第一章

掉落兔子洞

愛麗絲和姊姊坐在河邊，沒什麼事情可以做，所以覺得很睏。她瞥了一兩眼身旁的姊姊正在看的書，書裡沒有圖片和對話，想著：「這本書是做什麼用的啊？竟然沒有圖片也沒有對話。」

於是她在腦子裡想了又想（即使炎熱的天氣讓她昏昏欲睡又愚鈍，她仍然極盡她所能地用腦子想），編一條雛菊花環很快樂，可是值得麻煩自己站起來採雛菊?這時候，突然有隻粉紅眼睛的白兔跑過她身邊。

看到隻兔子跑過去沒什麼了不起的。兔子自言自語的說著：「喔！天啊！喔！天啊！我要遲到了！」愛麗絲聽到了，也沒覺得有什麼不對勁（後來，愛麗絲回想，那時候她一定覺得奇怪過，只是在那當下，一切看起來都很自然啊！）這時候兔子從他的背心口袋裡拿出了懷錶，看了看又繼續趕路。愛麗絲盯著自己的腳，突然想到，自己從來沒有看過哪隻兔子會穿背心，更不用說會從口袋裡拿出懷錶來了。帶著滿腦子的好奇，愛麗絲跑過了草原，及時趕上，剛好看到了兔子跳進了樹叢裡的兔子洞。

一下子，愛麗絲就跟著跳下了兔子洞，一點兒也沒想到要怎麼出去。

兔子洞本來直直的像個通道，然後突然開始下沉，突然到愛麗絲根本沒時間去想要怎麼停下來，就發現自己已經開始往一個很深的水井掉落。

要不就是這個水井很深，要不就是愛麗絲自己覺得滑落的速度很慢，她一邊往下掉，還可以一邊東瞧西看，看看接下來會發生什麼事。一開始，她試著往下看會怎麼樣，但是下面太黑了，什麼也看不見；接著，她看看井的四周，發現滿是櫥櫃和書櫃，上面釘著地圖和圖畫。當愛麗絲經過書架時，順手拿了一個玻璃罐，上面寫著「**橘醬**」，她很失望罐子是空的。但是愛麗絲不想亂丟掉罐子，怕罐子會砸死在井底的什麼人，所以她試著將罐子放在她滑過的櫥櫃上。

「這個嘛，」愛麗絲心想，「掉到一個兔子洞裡，不過只像是跌下樓梯而已，等我回家後人家會覺得我有多勇敢嗎？哎呀，我才不會跟別人提起這事呢，以前我從屋頂掉下來，也沒跟別人說過（那可是眞的）」。

愛麗絲往下掉、掉、掉，有沒有個盡頭啊？「眞納悶到現在，我到底過了多少英里了？」愛麗絲大聲說。「我一定是到了個離地球中心很近的地方了吧。讓我想想喔，那就是有四千英里那麼深吧，我想……」。（所以嘛，你看，愛麗絲眞是在學校裡學了些東西。儘管現在沒有聽衆，不是她炫耀所學的好時機，但仍是個讓她練習說出來的好機會。）「……對，應該就是這麼深了，可是那經度和緯度各是多少呢？」（愛麗絲一點也不了解經度和緯度，但她覺得這是兩個很了不起的詞彙。）

很快地，愛麗絲又開始說了：「我會不會直接穿過地球啊！到一個人們頭下腳上走路的地方，好像有點可笑。讓人討厭，我覺得。」（她慶幸沒人聽到她說的這些話，因爲似乎不太得體。）「不過，我總得問問那些人，他們的國家叫做什麼，你懂吧。女士，可以請問一下，這裡是紐西蘭還是澳洲嗎？」（她試著最有禮貌地講著，但別忘了愛麗絲現在正在下滑中呢！你覺得她可能做得到嗎？）「然後，她會覺得我是個多麼無知的小女孩啊！因爲我問的是個蠢問題。不行，我絕對不要問，或許我可以看看哪裡有寫。」

愛麗絲往下掉、掉、掉。因爲沒有其他事情可以做，愛麗絲馬上又開始說話了。「今天晚上迪娜會非常想我的，我覺得！」（迪娜是她的貓）「希望他們會記得在喝茶時間，給她一小盤牛奶。迪娜，我的寶貝！我好希望妳在這裡陪我！這裡可能沒有老鼠，但是妳可以抓蝙蝠，蝙蝠跟老鼠很像的，你知道的。不過，貓咪會吃蝙蝠嗎？我想想喔。」然後，愛麗絲開始有些倦意，做夢般地自言自語。「貓咪會吃蝙蝠嗎？貓咪會吃蝙蝠嗎？」有時候說，「蝙蝠會吃貓咪嗎？」你知道吧，這兩個問題她都沒辦法回答，所以問題怎麼問都不重要。愛麗絲開始打盹，夢到自己和迪娜手牽手走著，她認眞地問迪娜，「好了，迪娜，跟我說實話，妳有沒有吃過蝙蝠啊？」就在這時候，碰！碰！愛麗絲摔到了一堆樹枝和枯葉上，結束了她的滑行。

愛麗絲一點也沒有受傷，她很快地站了起來，往上看，是黑漆漆的一片；往前看，是一條長長的通道，還看得到那隻白兔仍在忙著趕路。一刻也不容耽擱，愛麗絲跑得像風一樣快，趕在兔子轉進轉角的時候聽到他說：「喔！我的耳朵和鬍鬚啊！看我要遲到多久了！」當愛麗絲跟著轉進轉角時，明明緊跟著兔子，但他一下子就不見了。愛麗絲發現自己在一個又長又低到讓人有壓迫感的大廳，一排在天花板的燈點亮著這個大廳。

大廳的四面八方都是鎖著的門，愛麗絲向左走、向右走，想把門打開，可是試遍了所有的門，都打不開。她難過地走到大廳中央，想著到底她還能不能離開這個地方。

突然，她發現一張厚實玻璃做的小三腳桌，桌上就只有一支小小的金鑰匙。愛麗絲的第一個想法是，這支鑰匙一定是可以打開某一扇門的。哎！可是要不是門上的鎖太大，要不就是金鑰匙太小了，沒有一個鎖和鑰匙是吻合的，所以還是沒辦法打開任何一扇門。然而，在第二輪的嘗試時，她發現一扇剛剛沒看到的窗簾，在窗簾的後面還有一扇小小的門，這扇門大概只有十五英寸那麼高。於是，愛麗絲試著用小金鑰匙開鎖，令愛麗絲開心的是，居然成功了！

愛麗絲打開了門，發現它通往一個小小的通道，這個通道甚至不比一個老鼠洞大。

她跪著往通道裡看，是個她所見過最最可愛的花園。她多麼想要離開這個黑漆漆的大廳，漫步在鮮豔的花叢裡、冰涼的泉水旁，但是她甚至連頭都過不了門。「而且就算我的頭過得去，」可憐的愛麗絲想：「我的肩膀也不一定過得去啊，喔！我好希望我可以像望遠鏡一樣能夠收合起來！我想只要我知道怎麼做，我就一定可以辦到。」你看，太多希奇古怪的事發生了，所以愛麗絲開始認爲，這世界上沒什麼事情是不可能的了。

等在這小小的門旁邊似乎也無濟於事，

所以愛麗絲回到了小桌旁，半祈禱著能在桌上找到另外一支鑰匙，或是一本書寫著把人像望遠鏡一樣收合變小的方法。這回，她在桌上發現了一個小瓶子（「這個東西剛剛絕對沒有在這裡，」愛麗絲說），瓶身的地方綁著一張紙條，寫著精美的兩個大字：「**喝我**」。

紙條上寫著「**喝我**」固然不錯，但聰明的愛麗絲才不會馬上就這麼做呢。「不，我得先仔細瞧瞧，」她說：「我來看看上面有沒有寫著『有毒』。」她看過許多故事書裡，小孩被燒傷，然後被野獸吃掉的故事，還有其他令人不愉快的事，都是因爲他們沒有牢記朋友們說的一些小規矩，像是如果你握著火鉗太久，會被燙傷；如果你的手指被刀子割得太深，會流血；還有，愛麗絲絕對不會忘記的，如果你喝太多上面寫著「有毒」的東西，你遲早會很不舒服的。

然而，這個瓶子上並沒有寫著「有毒」，所以愛麗絲決定冒險一試，發現它其實滿好喝的（那味道確實不錯，綜合了櫻桃塔、卡士達、鳳梨、烤火雞、太妃糖、還有熱奶油吐司的口味），她馬上就把它喝個精光。

「好奇怪的感覺啊！」愛麗絲說：「我一定像望遠鏡一樣縮小了。」

真的耶，她現在只有十英寸高而已。一想到自己現在的身高剛好可以通過那道門，進入到那個可愛的花園，她精神大振。一開始，她等了幾分鐘，看看自己是否還在繼續的縮小，她有點緊張。「要是，你知道的，」愛麗絲自言自語，「我會不會跟蠟燭一樣繼續縮小，那時我會變得怎麼樣呢？」她開始想像，當蠟燭燒盡時的火焰是什麼樣子，她不記得自己以前有看過。

過了一陣子，愛麗絲發現自己再沒有什麼變化，就決定要往花園去了。但是，可憐的愛麗絲呀！她才走到門前，竟發現自己忘記帶金鑰匙了，當她走回桌子時，發現自己太矮根本拿不到，只能透過玻璃眼巴巴地看到鑰匙好端端的在桌上。她使盡全力要從桌腳爬上去，但是太滑了，她試了好多次累得半死，終於忍不住坐在地上哭了起來。

「拜託，一直哭是沒有用的，」愛麗絲嚴厲地對自己說，「我要妳現在、立刻、馬上振作起來。」她常會給自己一些忠告（雖然她很少聽進去），有時候她眞苛刻地罵自己愛哭。她記得有一次還氣到要打自己耳光，因爲她在和自己玩槌球比賽的時候作弊。這個充滿好奇心的小女孩，可喜歡玩一人分飾二角的遊戲。「不過，現在什麼都沒有用啊，」可憐的愛麗絲想，「幹麼還要假裝成兩個人呢？我現在已經小到連只做個像樣的人都太難了。」

不一會兒，愛麗絲看到了一個在桌子底下的小玻璃盒子。她打開了盒子，發現裡面有一塊非常小的蛋糕，蛋糕上用葡萄乾美麗地排著「**吃我**」兩個字。

「這個嘛，我要把它吃掉，」愛麗絲說：「如果它可以讓我長大些，我就可以拿到鑰匙；如果它讓我變小的話，我也可以從門縫底下鑽過去。不管怎樣，我都可以到花園去，我才不在乎我會變大還是變小呢！」

愛麗絲咬了一小口，然後焦慮地自言自語，「變大？變小？」，愛麗絲雙手抱頭，想知道到底她會變大還是變小，但令她驚訝的是，她沒有變大也沒有變小，反而是維持本來的大小。正常來說，這就是吃了蛋糕會發生的事。可是愛麗絲已經習慣希奇古怪的事情會發生了，所以現在沒事發生，反而讓她覺得枯燥又乏味。

所以愛麗絲就繼續吃，很快就把蛋糕吃光了。

2
CHAPTER

第二章

充滿淚水的池子

「怪仔怪怪仔！」愛麗絲叫著（她已經驚訝到連英文都說不好了），「我現在是有史以來，伸展得最長的望遠鏡了，掰掰了，我的腳！」（愛麗絲看著她的腳不斷地變長，離自己愈來愈遠，快要看不見了。）「喔！我可憐的腳，現在有誰能幫你穿鞋穿襪呢？我肯定沒辦法！我離你離得太遠顧不到你，你得自己想辦法了。但是，我還是得對我的腳腳們好一點，」愛麗絲想，「要不然它們搞不好會不聽使喚！讓我想想，每年聖誕節，我給它們一雙新靴子好了。」

愛麗絲就繼續盤算送禮物的事。「靴子得找人送過去，」她心想，「送禮物給自己的腳腳，這有多好笑啊！送貨單讀起來一定會很怪異的。

愛麗絲的右腳先生收

壁爐邊的地毯

愛麗絲寄

喔天啊！我到底在扯些什麼啊！」

就在這時候，她的頭撞到了大廳的天花板。事實上，她現在已經超過九英尺那麼高了，她立刻撿起了小金鑰，趕緊跑到花園門前。

可憐的愛麗絲，使盡了全力，也只能側著趴在門邊，瞇著一隻眼瞧著花園；想要通過那道門，是超級不可能的了。她坐在地上又哭了起來。

「你該為自己感到羞恥，」愛麗絲說，「像妳這麼棒的女孩，」（她說的可眞對）「卻哭得多難看！別再哭了，我告訴妳！」但她還是繼續哭，流下的好幾加侖眼淚，在她身旁積成了一個大水池，差不多有四英寸那麼深，甚至淹到了大廳的一半高。

過了會兒，她聽到了從遠處傳來踢踢的腳步聲，她匆匆擦掉眼淚，看看到底是什麼東西。原來是那隻白兔回來了，盛裝打扮，一隻手拿著一雙白手套，另一隻手拿著一把大扇子，他匆忙的從愛麗絲身旁跑過，嘴裡喃喃地說：「喔！公爵夫人！公爵夫人！如果我讓她等候，她可不會饒過我的。」絕望到極點的愛麗絲下定決心，要把握任何一個向人求救的機會。當兔子先生走近她時，她低聲下氣地問：「先生，不好意思，請問一下。」突然被嚇到的兔子，丟下白手套和扇子，憤而離去，快速消失在黑暗中。

愛麗絲撿起扇子和手套，剛好大廳很熱，她就拿著扇子邊搧邊說：「天啊！天啊！今天每件事怎麼都是怪事！昨天都還很正常的啊，還是一夜之間我也變了？我想想喔，今早起床我還是我吧？我好像記得我有一點點不一樣。如果我變得不一樣，那下個問題是，我到底是誰？喔！那真是個難解的謎題。」然後，她把所有她認識的、和她年齡相仿的小孩都想過了一遍，看看自己是不是變成了他們之中的哪一個。

「我確定我不是愛達，」她說，

「她有長長的鬈髮，我沒有；我也確定我不是馬蓓，我知道的事情多著呢，她知道得卻好少，更重要的是，她是她，我是我，還有，喔！天啊！好難啊，我來看看我是不是仍記得我以前知道的事。我想想喔，四乘五等於十二，四乘六等於十三，四乘七等於……，天啊，這樣下去，我永遠也算不到二十。不過九九乘法表不重要啦！試試看地理吧，倫敦是巴黎的首都，巴黎呢是羅馬的首都，然後羅馬……不不不，都錯了，我確定！我一定是變成馬蓓了！我來背背〈小……〉吧。」她雙手交叉放在腿上，像在背課文那樣，開始背了起來，不過她的聲音沙啞又古怪，背出來的文字和課文也不一樣。

「小鱷魚怎麼樣

保養他閃亮的尾巴，

才能把尼羅河的水，
倒進他每一片金色的鱗片裡！

他看起來笑得多開心，
他的爪子多靈活地展開，
好歡迎小小魚兒們，
進到他輕輕張開微笑的顎嘴裡！」

「我知道有些字一定不對了，」可憐的愛麗絲說，她的眼裡又滿是淚水，「我一定是變成跟馬蓓一樣了，我得住在那窮酸的小屋子裡，沒玩具可玩，也沒課可上！不行，我決定了，如果我變成了馬蓓，我就待在這裡好了，就算他們探著頭往下望著對我說，『欸！快上來啊！』我也只會看著他們說，『我現在是誰？快先告訴我，如果我真的是像他們說的那個人，我就會上去，但如果不是，我會繼續待在這裡，直到我變成另外一個人。』但是，喔天啊！」愛麗絲的眼淚奪眶而出，「我真的好希望有人會探頭往下看看，我真的超級、無敵厭倦自己一個人待在這裡！」

說著說著，她低頭看到自己的手，意外地發現自己的一隻手，竟然戴上了兔子先生的白色兒童手套，愛麗絲驚訝地說：「我怎麼戴上的？」她想，「我一定是又變小了。」她起身走到了桌子旁邊，看看自己和桌子比一比有多高，她猜自己現在大概有兩英尺高，而且還在快速縮小當中。她馬上發現這跟她手裡拿的扇子有關係，趕在自己縮得太小之前，放下扇子。

「真是好險啊！」愛麗絲說，本來被她突然變小給嚇到了，這會兒反而慶幸自己還好端端地活著。「現在出發前往花園吧！」她全速衝到了小門前。不過，哎呀！小門還是鎖著的，小金鑰匙卻還擱在玻璃桌上，「事情愈來愈糟了，」可憐的愛麗絲心想，「我以前絕對、絕對沒有這麼小過！我發誓這眞的糟透了！」

在她說話的同時，腳滑了一下，下一秒，撲通！她的下巴以下都浸在鹹水裡。她立刻想到的是，她不知怎麼的掉到了海裡，「如果是那樣的話，我可以搭火車回去，」愛麗絲自言自語。(愛麗絲去過海邊一次，對於海邊的印象就來自那一次的經驗，因此以爲在所有的英國海邊，你都可以看到許多盥洗用的更衣車，小孩們在沙灘用木鏟子玩

沙子，還有一整排的海邊小屋，小屋後面就是火車站。）然而，沒多久，愛麗絲就發現自己處身一個滿是眼淚的池子，那正是她還是九英尺高的時候所流下的眼淚。

「我希望我剛剛沒有一直哭，」愛麗絲邊說邊游過池子，想找到出去的路。「我覺得我一定是自作自受，才會被自己的眼淚淹死！那一定會是奇聞了！不過，今天發生的所有事都夠怪的了。」

就在這時候，她聽到有東西在水裡拍打的聲音，她游向那個聲音，看看到底是什麼，一開始她以為是海象或是河馬，不過她馬上想起來，現在的她是多麼小，而那個東西只不過是隻老鼠罷了，跟她一樣跌到了這個水池。

「這樣會有用嗎——」愛麗絲心想。「問問這隻老鼠？這裡的一切都太古怪了，所以我可以理解他很可能會說話，反正試試看也不會讓我少一塊肉。」

所以她開始問了：「鼠啊，請問你知道怎麼離開這個池子嗎？我已經在這兒游得好累了，鼠啊。」（愛麗絲本來認爲，這是跟老鼠說話的正確方式，但她想起來她看過哥哥的拉丁文法書上寫著「一隻老鼠——一隻老鼠的——給一隻老鼠的——一隻老鼠——唉唷老鼠」。）老鼠一臉莫名其妙地看了她一下，好像還對她眨了一下他的小眼睛，但卻什麼話也沒說。

「他可能聽不懂英文，」愛麗絲心想，「我敢說他是隻法國鼠，跟著征服者威廉一世來到英國的。」（就愛麗絲歷史知識而言，她對所有事件發生的遠近時間是沒概念的。）她接著說：「我的貓在哪兒？」這是她法文課本裡的第一句話。老鼠突然跳離了水面，還像害怕得發抖著。「喔，拜託你原諒我！」愛麗絲急急地哭了起來，深怕傷到那小動物的感情，「我眞忘記你不喜歡貓了。」

「不喜歡貓！」老鼠用一種尖銳、激動的聲音大聲嚷著：「如果妳是我，你會喜歡貓嗎？」

「喔，或許不會」，愛麗絲安撫著老鼠，「不要生氣嘛。我希望可以帶你看看我家的貓——迪娜。如果你看到她，我想你會愛上她的。她是多麼的安靜又可愛，」愛麗絲一邊半自言自語地繼續說話，一邊慵懶地在池子裡游著，「她常常在火爐旁邊低聲地喵嗚喵嗚，舔舔她的爪子，洗洗臉，摸起來柔柔軟軟的，她還很會抓老鼠呢！唉呀，對不起！」愛麗絲馬上叫著說。現在老鼠可是怒髮衝冠了，愛麗絲知道她現在真的冒犯到老鼠，就說：「如果你不喜歡，我們以後就別再提她了。」

「當然！」老鼠大聲咆哮，全身上下氣得發抖。「別以爲我喜歡講那事兒！我們祖宗八代都討厭貓，那討厭、低賤、庸俗的東西！別讓我再聽到那個名字！」

「我絕對不會再犯了！」愛麗絲說，並趕緊轉移話題，「那……那……你喜歡狗嗎？」老鼠沒有回應，愛麗絲熱切地繼續她的話題，「我家附近有一隻很棒的小狗，我可以帶你去看！是一隻有著明亮眼睛的梗犬，你知道的，牠有長長的棕色卷毛！你丟東西，牠會幫你撿回來，牠還會坐得直挺挺的，等著你給牠吃晚餐，還有很多類似的事，不過我記得的一半不到。那隻狗狗是個農夫養的，你知道的，他說梗犬很有用，很值錢的！他還說他家的狗殺了所有的老鼠和……，喔天啊！」愛麗絲大叫，悲哀地說：「我恐怕又冒犯了他！」因爲老鼠已經使勁力氣游走了，力道大得水花四濺。

愛麗絲輕輕地對著老鼠的背影說：「親愛的老鼠啊，回來啊！如果你不喜歡，我們不要再講貓說狗了！」老鼠聽到，轉身慢慢地游回愛麗絲身旁。他臉色蒼白（而且激動，愛麗絲想），用一個低沉顫抖的聲音說：「我們快點上岸吧，我會跟你分享我的故事，到時候你就會知道，我為什麼那麼討厭貓和狗了。」

他們早該上岸了，因為池子裡變得愈來愈擁擠，小鳥還有其他小動物也都掉到池子裡了。現在池子裡有一隻鴨子、一隻渡渡鳥、一隻鸚鵡、還有一隻雛，還有幾隻好奇的生物。愛麗絲帶頭游在前面，大夥轉移陣地到了岸邊。

3
CHAPTER

第三章

集會賽跑與長長的故事

那眞是個在岸邊舉行的莫名其妙的集會，小鳥們拖著溼答答的羽毛，動物們也成了落湯雞，水不斷從身上滴滴答答地流下來，大夥兒都覺得心情不好又不舒服。

第一個問題是，怎麼讓身體變乾，大夥兒七嘴八舌地討論著，過了幾分鐘，愛麗絲已經完全進入狀況，熟悉地跟大夥兒講話，好像他們是她認識了一輩子的熟人一樣。她和鸚鵡眞有了好長一段爭辯，一開始他板著一張臉，不管怎樣，他都只回「我年紀比你大，你最好認清這點」。愛麗絲不以爲然，她根本不知道鸚鵡的確切年齡，因爲鸚鵡極力拒絕透露自己的年齡，所以就沒什麼好說的了。

最後，在所有動物當中似乎最有權威的老鼠一聲令下，「所有的人，坐下，聽我說！我會讓你們盡快變乾的！」大夥兒馬上坐了下來，繞著老鼠，圍成了一個大圈圈。愛麗絲焦慮地盯著他，覺得自己再不弄乾身體的話，一定會感冒的。

「咳咳！」老鼠沉穩而堅定的說：「你們都準備好了嗎？這是我知道最乾燥的事了。大家請肅靜！『征服者威廉，由於教宗的支持，很快地就讓英格蘭人臣服於他。那時英格蘭人需要領袖，卻長期陷入被篡位和征服的循環中。埃德文和莫爾卡，麥西亞王國和諾桑比亞王國的伯爵……』」

「啊！」鸚鵡邊發抖邊說。

「你可以再說一次嗎？」老鼠皺著眉頭但非常禮貌地說。「你剛剛說……？」

「不是我！」鸚鵡趕緊說。

「我以為是你，」老鼠說。「我繼續說下去。『埃德文和莫爾卡，麥西亞王國和諾桑比亞王國的伯爵，他們臣服於他，甚至連史蒂岡這位愛國的坎特伯利大主教，都認為最明智的選擇是……』」

「是什麼？」鴨子說。

「是它，」老鼠回答。「你當然知道『它』是什麼意思。」

「我當然知道『它』是什麼意思，當我發現一個東西，」鴨子說。「通常是青蛙或蚯蚓。問題是，大主教認為什麼？」

老鼠沒有注意到這個問題，反而趕緊繼續他的演說，「……認爲明智的選擇是，和顯貴者埃德加一起會見威廉一世，並移交王權。一開始他做的還算中規中矩，後來，來自諾曼第的傲……」老鼠轉向愛麗絲說。「喔，親愛的，妳現在還好嗎？」

「和之前差不多溼，」愛麗絲用鬱悶的語氣說。「那似乎一點也沒有讓我比較乾。」

「這樣的話，」渡渡鳥莊重地說，邊抬起一隻腳。「我提議我們休會，立即獲取有效的補救措施……」

「說白話文！」老鷹說。「剛剛那段話我有一半聽不懂，再說，我也不相信你聽得懂。」老鷹低頭忍住大笑，幾隻小鳥竊竊私笑發出了一點聲音。

「我剛要說的是……」渡渡鳥衝著說。「我想讓我們大夥兒變乾的最好方法，就是辦個集會賽跑。」

「什麼是集會賽跑？」愛麗絲問。她其實並不怎麼想知道，可是渡渡鳥停頓了一下，等著有人開口說話，卻似乎沒有人要說話。

「喔，」渡渡鳥說。「最好的解釋就是實際地做一次。」（可能你自己也想在哪個冬天做做看，我就告訴你渡渡鳥是怎麼做的。）

一開始，渡渡鳥先畫定比賽的會場，大約是一個大圓的形狀（「實際的形狀不重要，」渡渡鳥說），接著所有的參賽者順著圓圈這兒那兒地排開。這個比賽不像一般的比賽有「一、二、三、跑」的口令。大夥兒想開始跑就開始跑，想停止就停止，所以很難看出比賽到底是什麼時候結束的。然而，當大夥兒已經跑了差不多半小時的時候，他們身上幾乎已經全乾了，渡渡鳥這時突然大聲宣布：「比賽結束！」大夥兒圍著他集中了起來，氣喘吁吁地問：「誰贏了？」

渡渡鳥在還沒好好想想這個問題之前，沒辦法回答這個問題。於是他坐在地上好一陣子，一隻指頭頂著前額（這個姿勢我們常在莎士比亞的畫像中看到），其他人則是安靜地等在一旁。最後，渡渡鳥說話了，「每個人都是贏家，大家都有獎。」

「不過，誰要負責頒獎呢？」大家異口同聲問道。

「喔，當然是『她』啊！」渡渡鳥說，還用食指指著愛麗絲。大夥兒立刻聚集在她旁邊，搞不清楚狀況地喊著：「獎品！獎品！」

愛麗絲不知道該怎麼辦，絕望地將手插進口袋，掏出了一盒糖果（好在鹹水沒有流進盒子裡），把糖果順著傳下去，剛好一人一個。

「不過她自己也要有獎品啊，對吧，」老鼠說。

「當然，」渡渡鳥鄭重地回答。「妳的口袋裡還有什麼？」他轉身對愛麗絲說。

「只有一個頂針」愛麗絲難過地說。

「拿過來這裡，」渡渡鳥說。

接著，大夥兒再次圍繞著愛麗絲，此時，渡渡鳥鄭重地拿起頂針，並說：「希望你願意收下這個精緻的頂針。」當他結束他的致詞時，歡呼聲四起。

愛麗絲覺得整件事非常的荒謬，但大夥兒看起來很重視這件事，所以她也不敢笑。她想不到什麼致詞的話，因此只鞠了一個躬，並盡可能看起來很鄭重地收下了頂針。

接下來要做的是吃糖果，這引起了一陣騷動，大鳥們抱怨著吃不到他們的，小鳥們卻被噎到，需要拍拍背好把糖吐出來。不管怎麼樣，這場鬧局終於結束了，大夥再次圍成一個圈圈坐在一起，並懇求老鼠再多說些他的故事。

「你答應要跟我們說你的故事的，」愛麗絲說。「還有為什麼你討厭喵喵和汪汪，」愛麗絲說到那兩個關鍵詞時，改用小小聲說，深怕又惹怒老鼠。

「這是一個很長又很悲傷的故事！」老鼠說著轉向愛麗絲，嘆了一口氣。

「你的尾巴♠眞的好長啊！」愛麗絲說著，還好奇地看著老鼠的尾巴。「但是你為什麼說尾巴哀傷呢？」在老鼠說話的同時，愛麗絲仍然一直納悶長尾巴怎麼會悽慘，所以她腦海裡浮現的故事，樣子就像這樣：

「惡犬在家
看到一隻老鼠，
就告訴它：
『我們法庭見，我要檢舉你……來吧，
我得說，我們要
來個審判，而我今早
剛好沒什麼事要做。』
老鼠對惡犬說：『先生，
像這樣的審判，

♠ 尾巴（tail）與故事（tales）的英文同音。

沒有陪審團也沒法官，
只會浪費我們的力氣。』
『我就是法官，
也是陪審團，』
狡猾的老狗說。
『我要全程審問，判你個死罪。』」

「你沒有在聽我說話，」老鼠嚴肅地對愛麗絲說。「你在想什麼？」

「你可以再說一次嗎？」愛麗絲心虛地說。「你故事說到了第五個彎了吧？」

「轉什麼彎！」老鼠尖銳又生氣地咆哮道。

「彎不成嗎？」愛麗絲總愛幫助別人，著急地看了看，說，「喔，讓我幫你彎一下吧！」

「我才沒做什麼彎不彎的，」老鼠說著，起身走開。「你那些胡言亂語侮辱了我。」

「我不是故意的，」愛麗絲哀求著。「可是你很愛發脾氣耶，你知道的！」

老鼠低吼了一聲，就走了。

「拜託，回來，把你的故事說完！」愛麗絲大聲請求，其他人也一起說道。「拜託！」老鼠不耐煩地搖搖頭，走得更快了。

「他不留下來多可惜！」鸚鵡感嘆地說，老鼠已經走得看不見蹤影了。這會兒，一隻老螃蟹趁機告訴她的女兒，「乖乖啊，這個故事告訴我們，千萬不要亂發脾氣！」「老媽，別再唸了，」小蟹女有些毛躁地說：「連最有耐性的牡蠣也受不了你了！」

「眞的好希望我的迪娜在這！」愛麗絲大聲說。「她一定可以馬上把老鼠抓回來。」

「我可以問誰是迪娜嗎？」鸚鵡說。

愛麗絲隨時都可以聊她的寵物，熱切地說：「迪娜是我家的貓。她是你無法想像的抓鼠的高手！我希望你可以看到她在小鳥們身後的樣子！爲什麼呢？因爲只要她看到的一瞬間，就可以把小鳥吃掉！」

這段話引起了全場一陣騷動。有些鳥慌忙離座，一隻喜鵲小心翼翼的把自己包起來，說著：「我眞的得回家了，傍晚的空氣對我的喉嚨不太好！」。一隻金絲雀用顫抖的聲音呼喚他的小孩：「快過來，孩子們！睡覺的時間到了。」大夥們用了各種藉口落跑，很快地，只留下愛麗絲一個人。

「眞希望我沒有提到迪娜！」愛麗絲悶悶地說。「這裡似乎沒有人喜歡她，不過我肯定她是世界上最好的貓！喔，我可憐的迪娜！我還能不能再看到妳啊！」說到這裡，愛麗絲又哭了起來，覺得非常的孤單和低潮。有那麼一下子，遠處有腳步聲傳來，她興奮地往上看，說不定是老鼠改變心意，要回來說完他的故事了。

4
CHAPTER

第四章

白兔派了比爾爬下煙囪

原來那是白兔的腳步聲，他快步跑回來了，跟上次一樣，看起來很焦慮，好像弄丟了什麼似的。愛麗絲聽到他喃喃自語著：「公爵夫人！公爵夫人！我的爪子啊！我的絨毛、鬍子啊！她一定會處死我的，我百分之百地確定，就像雪貂就是雪貂一樣的肯定！我到底把它們落到哪裡去了！」愛麗絲猜他是在找扇子和小白手套，就好心地開始幫忙找，不過到處都沒找著。自從她在眼淚池裡面游過了一回，一切似乎都變了，那個有張玻璃桌和一道小門的大廳，已經完全消失了。

兔子很快發現愛麗絲正四處亂轉，就生氣地對她大喊：「喂，瑪莉安，你在這裡做什麼？快跑回家，幫我再拿一雙手套和一把扇子！快點！」愛麗絲因爲嚇到了，還沒想到說他搞錯了，就立馬往他指的那個方向跑去。

「他把我看成他的傭人了，」愛麗絲邊跑邊說。「等他發現我是誰時，一定會嚇一跳！不過，我現在還是趕快去幫他拿手套和扇子好了，如果我能找到的話。」說著說著，她突然看到一間乾淨的小屋，門上有一塊發亮的銅板，上面刻著「**白兔**」。她沒有敲門就闖了進去，快速地跑到二樓，深怕會遇到眞正的瑪莉安，然後在還沒找到手套和扇子之前，就被趕出去了。

「眞是奇怪啊，」愛麗絲自言自語。「竟然要幫兔子跑腿，我敢說下次迪娜也會叫我幫忙跑腿。」她開始想像會發生什麼事。「『愛麗絲小姐，過來一下，準備好出去走走吧！』『奶媽，我馬上就來了！不過，在迪娜回來之前，我得守著這個老鼠洞，免得老鼠跑出來。』」「只是，我不認爲，」愛麗絲繼續說。「如果迪娜開始這樣指使別人做這做那，別人也不會讓她再待在屋子裡了！」

這個時候，愛麗絲走進一個整齊的小房間，窗旁有一張桌子，在桌上（如她所期望的）有一把扇子，還有兩三雙白色小山羊皮手套，她拿起扇子和一雙手套，正要走出房間時，瞄到了在鏡子旁邊，有一小瓶藥水。這次瓶子上沒有寫著「**喝我**」，但她還是拔掉瓶塞，湊到嘴邊。「我知道每次我吃了或喝了什麼東西，」愛麗絲對自己說。「一定會發生有趣的事情，就讓我看看這瓶藥水有什麼作用。希望它可以讓我再次變大，我已經受夠自己這麼小了！」

事情眞的發生了，而且比她想得還要快。她喝掉半瓶藥水的時候，就感覺到自己的頭頂到了天花板，還得彎著腰以免折斷了脖子。她趕緊放下小藥瓶，告訴自己：「夠了夠了，我這樣已經沒辦法從門走出去了，我如果沒喝那麼多就好了！」

哎！不過太晚了！她還是不斷不斷變大，不一會兒，她得跪在地板上，又過了一會兒，連跪著也嫌擠了。她試著躺在地上，一隻手肘撐著門、另一手臂抱著頭。可是她還是不斷的在變大，她只好使出最後一招，把一隻手伸出窗外，一隻腳放進煙囪裡，還對自己說：「現在不管再發生什麼事，我也無計可施了。我到底會怎麼樣呢？」

還好喔，那小瓶魔法藥水的作用已經發揮到極限，愛麗絲不再變大了！但是她仍然覺得很不舒服，因爲她看不

出有什麼機會能離開這個房間，難怪她會不開心了。

「在家裡的話情況會比現在的好多了，」可憐的愛麗絲想。「不會一下變大，一下變小，也不會被老鼠和兔子差來遣去。如果我沒有跟著跳進兔子洞就好了，不過……不過……這些經歷眞是希奇古怪嘛！我眞的想知道會發生什麼事！以前我在看故事書時，也幻想過那些從來沒有發生過的事，而我現在就親身在這些故事裡！應該要有一本關於我的故事書！一定的！等我長大了，我會寫一本……不過我現在就很大了啊，」她難過地說。「至少現在已經沒有再變大了！」

「不過，」愛麗絲想。「我是不是也不會再變老了呢？我不會變成老女人，那倒是可以讓我感到安慰，但另一方面，我得一直上課、一直學東西！唉，還是不要好了！」

「哎呀，笨喔！」她回答自己。「你在這裡要怎麼上課？這裡已經沒有多餘的空間了，更不要提放什麼課本的地方了！」

愛麗絲就這樣一人分飾兩角的自言自語著，好像眞的有兩個人在說話一樣。過了幾分鐘，她聽到外面有聲音，就停下來仔細聽。

「瑪莉安！瑪莉安！」有個聲音說。「快幫我拿手套過來！」接著是一陣走樓梯的腳步聲。愛麗絲知道那是兔子要來找他的女傭了，愛麗絲害怕得直發抖，連房子都跟著震動起來，她都忘了現在的自己是兔子的千倍大，實在沒有必要害怕他。

兔子到了門前，要把門打開，但因爲門是向內開的，而愛麗絲的手肘正壓在門上，所以兔子開不了門。愛麗絲聽到兔子說，「好吧，那我就繞過去，從窗戶進去。」

「門兒都沒有！」愛麗絲心想。她估計兔子差不多到了窗戶底下，突然伸出手，對著空氣一抓。她沒有抓到任何東西，卻聽到一聲微小的尖叫，還有玻璃碎落的聲音，愛麗絲猜兔子應該是掉到了木格玻璃溫室之類的地方。

接著傳來了兔子生氣的聲音：「派特！派特！你在哪裡？」有個愛麗絲從來沒聽過的聲音說：「我在這！正在鏟蘋果啊，老爺！」

「鏟什麼蘋果啊，真是的！」兔子氣呼呼的說。「過來！快拉我起來！」

(更多玻璃碎掉的聲音)

「告訴我，派特，是什麼東西在窗戶那裡？」

「那是一隻手臂，老『衙』！」（他將手臂說成了手「屁」）「手臂！你糊塗啦！誰看過那麼大的手臂？它把整個窗戶都塞滿了！」

「哎喲，真的啊，老『衙』。可那確實是隻手臂啊。」

「哼，不管怎麼說，手臂都不該在那兒，快去把它弄走！」

接下來是好長一段寂靜，愛麗絲只偶爾聽見些耳語聲，像是「當然，我也不喜歡，老爺，一點也不！一點也不！」「照我說的做！懦夫！」終於，愛麗絲再次伸出手，對空氣一抓。這次，她聽到兩個尖叫聲，還有更多玻璃碎掉的聲音。「到底有多少木格玻璃溫室啊！」愛麗絲心想。「他們接下來會怎麼做呢？如果他們想把我拉出窗戶，我只祈求他們順利成功！我真的連一分鐘也待不下去了！」

又好一陣子沒有什麼聲音，最後傳來小拉車輪子的隆隆聲，還有許多動物的說話聲。她總算聽懂了他們在說什麼：「另外一個梯子在哪裡？欸，我只搬了一個來，比爾搬了另一個。比爾！快搬過來！這裏，立在這個角落……不，先將它們綁在一起……還沒辦法到一半的高度……喔！可以啦，別那麼龜毛……這裡，比爾！抓住繩子……屋頂會不會垮？……注意那個脫落的瓦片……喔，要掉下來了！低頭！（東西地下來的聲音）」「誰弄的？……是比爾，我想想……誰要爬下煙囪？……不了，我才不要！你去！……我也不要！比爾得去……喂，比爾！主人說你得爬下煙囪！」

「喔，所以比爾要從煙囪爬下來了，是嗎？」愛麗絲自說自話。「爲什麼他們什麼事都叫比爾做？再怎樣我也不想當比爾，這壁爐眞是夠窄了，不過我想我還可以動一下腳！」

她儘可能地將腳從煙囪內收回來，等聽到小動物（她還猜不出來是什麼動物），攀著刮著爬近自己的聲音時，就對自己說：「那是比爾。」她給了比爾一腳重踢，然後等著接下來會發生什麼事。

她先聽到大家一起說：「比爾出來了！」接著是兔子的聲音：「籬笆旁邊的人，快接住他！」一陣安靜，然後又是一陣嘈雜：「抓住他的頭……先給他喝點白蘭地……別噎到他……。覺得如何啊，夥伴？發生了什麼事？快告訴我們！」

終於傳來了一個微弱、尖細的聲音（「那一定是比爾，」愛麗絲想）。「呦，我啥也不知道……不喝了，謝了，我現在好點了……不過我嚇到沒辦法跟你們說啥，我只知道，有個像彈跳玩偶盒裡的東西，突然從下面飛過來，然後我就像火箭一樣被彈了出來。」

「你就是這樣飛出來的，夥伴！」其他人說。

「我們必須燒掉這間房子！」兔子說。一聽之下，愛麗絲使盡全力大叫，「如果你敢那麼做，我就叫迪娜出來找你們！」

當下一陣死寂，愛麗絲心想，「看他們接下來要怎麼做！如果他們還有一點常識，就會把屋頂給拆了。」一兩分鐘過去，他們又開始有了動靜，愛麗絲聽到兔子說，「一開始滿滿一推車的量就夠了。」

「滿滿一推車的什麼？」愛麗絲想，不過她沒能想多久，一下子，滿天的小石子向窗戶砸了過來，有幾顆還砸到了她的臉上。「我得讓他們住手，」愛麗絲先跟自己說，然後大喊：「你們敢再丟石頭就試試看！」這又造成了一片死寂。

看到了地板上的小蛋糕，愛麗絲突然發現，原來砸到她的不是小石頭，而是蛋糕。她靈機一動，「吃點蛋糕，」她想著，「一定可以變我的大小，我推測它沒辦法再讓我變更大了，所以一定會讓我變小。」

於是她吞下了其中一塊蛋糕，高興地發現自己開始縮小了。一等到她小到可以穿過門，她立馬跑了出去，就發現一群小動物和鳥類等在門外。比爾那隻可憐的蜥蜴就站在中間，讓兩隻天竺鼠扶著，正被餵著喝些東西。愛麗絲一出現，大夥兒一古腦兒就衝向她，還好她拚命落跑，快快衝進濃密的樹林，總算安全了。

「現在第一件我要做的事情是，」愛麗絲徘徊在樹林裡自言自語，「讓我自己回復正常的大小，第二件事是找到去那個可愛花園的路，我想這就是最好的計畫了。」

聽起來確實是個不錯的計畫，非常簡單有序，唯一的困難點是，她絲毫不知道如何執行這個計畫；正當她從樹間縫隙東張西望時，尖銳的狗叫聲傳了過來，她馬上抬頭張望。

一隻好大的狗狗瞪著那又大又圓的

眼睛，往下看著她，輕輕地伸出一隻前掌，想要碰碰她。「可愛的傢伙！」愛麗絲哄逗著他，還費力地想對著他吹口哨。事實上，她怕得不得了，覺得說不定狗狗已經餓了，不管她再怎麼努力地哄逗，還是會被狗狗吃掉。

愛麗絲幾乎想都沒想到她自己在做什麼，就撿了根樹枝，伸到哈巴狗前面，狗狗看到了立刻手腳一蹬，開心地汪汪了一聲，衝過去想要叼住樹枝；愛麗絲趕緊閃到一欉大薊草後面，免得被撞倒。可是她剛閃過去，狗狗又衝來咬樹枝，衝得太急了，還翻了個觔斗。愛麗絲覺得，這像是跟拉車的馬玩一樣，隨時都有被踩到的危險，所以繞著薊草兜圈子。狗狗這時候開始向著樹枝展開一連串攻擊，先往前衝一點，再往後退多點好再度衝刺，來來回回的同時還不斷吼叫著。最後，牠終於累得坐下來了，氣喘吁吁，吐著舌頭，大大的眼睛也半閉了起來。

對愛麗絲來說，這可是個很好的逃跑機會，所以她立馬開跑，一直跑到她累到喘不過氣來，而且狗狗的叫聲聽起來又遠又小聲了，她才停下腳步。

「再怎麼說，那還是隻乖乖狗啊！」愛麗絲說，靠著一株毛茛花休息，還用一片葉子搧風。「我應該會喜歡教牠玩把戲的，只……只要我是正常大小的話！噢，天啊！差點忘了，我還得變大回去！讓我想想……要怎麼做呢？我想我得吃或喝些什麼，但問題是，要吃或喝『什麼』？」

要吃或喝什麼，眞的就是大問題。愛麗絲到處找遍了附近的花花草草，就是沒有看到任何適合吃或喝的東西。她身旁有一株巨大的蘑菇，大概跟她一樣高，她正仔細查看蘑菇的下方和前後左右時，突然想到，她應該也要看看蘑菇的上面有什麼。

她墊起了腳尖，從蘑菇的傘緣瞧去，看到了一隻藍色大毛毛蟲，手臂交疊，安靜地抽著長長的水煙，坐在傘頂上，絲毫沒有注意到愛麗絲或任何其他的東西。

5
CHAPTER

第五章

毛毛蟲的建議

毛毛蟲和愛麗絲對看了幾眼，但都沒有說話。最後，毛毛蟲將從嘴裡拿出了水煙，慵懶又昏昏欲睡地跟愛麗絲說話。

「你是誰？」毛毛蟲說。

這可不是個鼓勵人說話的開始。愛麗絲害羞地回說：「我……我也不知道，先生。就現在來說，我早上起床時，還知道我是誰，但之後我變來變去變了好幾次。」

「之後是什麼意思？」毛毛蟲嚴肅地說。「說清楚！」

「我自己恐怕沒辦法解釋，先生，」愛麗絲說。「因爲我不再是我了，你懂吧。」

「我不懂，」毛毛蟲說。

「恐怕我沒辦法說得更清楚了，」愛麗絲禮貌地回答。「因爲連我自己也不知道我到底是誰，再加上一整天下來，我變了好幾次大小，讓我眞的糊塗了。」

「不會啊，」毛毛蟲說。「這個嘛，或許是你還沒發現而已，」愛麗絲說。

「當你變成蛹的時候——總有那一天吧——然後你再變成一隻蝴蝶，我想那時候你也會覺得很怪異，對吧？」

「才不會，」毛毛蟲說。

「這個嘛，也許你的感覺會跟我的不一樣，」愛麗絲說。「就我所知，我會覺得非常怪異。」

「妳！」毛毛蟲輕蔑地說。「妳是誰啊？」

這個問題讓他們又回到了原點。愛麗絲對毛毛蟲感到有些惱怒，因爲他一直只用簡短的話回應她，所以她墊起腳尖讓自己更高些，再嚴肅地說：「我覺得你才該先告訴我，你是誰。」

「爲何？」毛毛蟲說。

又一個難解的問題。愛麗絲想不到任何的好理由來回答，而且毛毛蟲看起來心情不太好，所以愛麗絲就轉身離開了。

「回來！」毛毛蟲大喊。「我有重要的話要說！」

聽起來事情有轉機，愛麗絲就轉身走了回去。

「別生氣，」毛毛蟲說。

「就這樣？」愛麗絲說，努力吞下這口怒氣。

「不是，」毛毛蟲說。

愛麗絲覺得她可以再等一下，反正她沒有其他事情可做，或許毛毛蟲可以提供什麼值得一聽的訊息。可是等了幾分鐘，他只抽著水煙，沒說話；終於，他伸開了交叉在胸前的手，把水煙從嘴裡拿出來，說，「所以妳覺得妳已經變了，對吧？」

「我覺得是，先生，」愛麗絲說。「我記不得我以前記得的事，而且我的身體大小連十分鐘都維持不住！」

「沒辦法記得什麼？」毛毛蟲說。

「這個嘛，就像說我想背〈小蜜蜂忙什麼〉，但是嘴巴說出來的卻不是那回事！」愛麗絲有些哀傷地說。

「那你妳背看〈威廉老爸您老了〉，」毛毛蟲說。

愛麗絲十指交扣，開始背。

「您老了，威廉老爸，」年輕人說。
「您的頭髮已經白了；
還不停地練倒立——
您想，以您這樣的年紀，合適嗎？」

「年輕的時候，」威廉老爸回答兒子，
「我擔心倒立會傷腦袋；
既然知道現在沒腦袋，
嘿，我就一次一次搞倒立。」

「您老了，」年輕人說。
「我剛就說了，您的體態肥胖胖，
要進門還來個翻筋斗，
呦，這是為什麼？」

「年輕的時候，」這位智者說，甩了一下灰頭髮。
「我的四肢筋骨真靈活，
就靠這藥膏——一盒一先令——
賣你兩盒也可以。」

「您老了，」年輕人說。
「您的下巴沒力氣，吃不動比板油硬的東西，
但您吃起鵝肉，怎麼還能吃得只剩骨和嘴，
呦，您是怎麼做到的？」
「年輕的時候，」老爸說。
「我讀的是法律，每個案件都和太太爭不停，
下巴肌肉就變強壯，
讓我一生都受用。」

「您老了，」年輕人說。
「大家覺得，您的眼力一定不能像以前準又穩，
但你還是可以把鰻魚直挺挺地豎在鼻尖上，
您怎麼還是這麼熟練呢？」

「我已經回答了你三個問題，夠了夠了，」
老爸說。「別再擺臭架子了！
你以為我可以整天聽你胡言亂語嗎？
滾吧，不然我把你踢下樓！」

「妳沒有唸對，」毛毛蟲說。

「沒有『很』對，恐怕是喔，」愛麗絲怯怯地說。「有些字錯了。」

「從頭到尾都錯了，」毛毛蟲肯定地說。接著是好幾分鐘的沉默。

毛毛蟲先開口了。

「妳想要變成多大？」他問。

「我沒有一定要變成多大或多小，」愛麗絲急忙回答。「只要我不要變來變去就好了，你懂吧。」

「我『不』懂，」毛毛蟲說。

愛麗絲什麼也沒說，她從來沒有被這麼頂撞過，所以覺得自己快受不了要發脾氣了。

「妳滿意現在的大小嗎？」毛毛蟲說。

「這個嘛，我想要變大『一點點』，先生，如果可以的話，」愛麗絲說。「三英寸高多可憐啊。」

「那個高度很好啊！」毛毛蟲生氣地說，邊挪了一下身體站了起來（他剛好就是三英寸高）。

「不過我不習慣這麼小啊！」愛麗絲可憐兮兮地央求。她心想，「眞希望這些動物們不要那麼容易發脾氣！」

「妳慢慢就會習慣的，」毛毛蟲說，又把水煙放進嘴裡繼續抽。這次愛麗絲耐著性子，等他再次開口。一、兩分鐘過後，毛毛蟲拿出水煙管，打了幾個哈欠，抖了抖身體，從蘑菇上面下來，爬進草地裡，邊走邊說，「一側會讓妳變高，另一側會讓妳變矮。」

「『什麼』的一側？『什麼』的另一側？」愛麗絲心想。

「蘑菇，」毛毛蟲說，就好像聽到愛麗絲大聲問他；一下子，他就消失不見了。

愛麗絲仔細地查看蘑菇，想要搞清楚蘑菇的兩側在哪裡，但因為它是圓的，所以很難確定。最後，她盡全力伸長了手臂，兩手各從邊緣摘了一塊蘑菇。

「但哪個是哪個呢？」她自言自語，先試了一口從右手摘下來的蘑菇，突然覺得下巴被猛地一撞，居然碰到她自己的腳了。

這個改變太快了，快到讓她感到非常害怕，但沒有時間可以浪費了，因為她正在迅速縮小。於是她趕快要去吃另一塊蘑菇。她的下巴和腳距離太近了，所以很難張開嘴巴，最後她還是成功地吞了一小口左手的蘑菇。

「耶，我的頭自由了！」愛麗絲開心地說，但聲音馬上又變緊張了。她發現竟然看不到她的肩膀了，往下看看，只有她很長很長的脖子，像根樹幹一樣，矗立在一片綠色的葉海上。

「那些綠色的東西是什麼？」愛麗絲說。「我的肩膀在哪兒，還有我可憐的手啊，怎麼我看不到你們呢？」她邊說邊動著她的手，但似乎沒什麼動靜，只看到遠處的綠葉搖動著。

看起來沒辦法把手舉到頭上，她就試著把頭低下來碰手。結果她開心地發現她的脖子可以輕易地扭來扭曲，就像是蛇一樣，於是成功地將脖子彎成一個優雅的Z字，然後穿梭在綠葉裡，原來那是她剛剛遊蕩過樹林。這時，一個尖銳的咻咻聲讓她趕緊把頭縮了回來，一隻大鴿子撲向她的臉，還用翅膀猛烈地拍打她。

「有蛇！」鴿子大叫。

「我『不』是蛇！」愛麗絲說。「快走開！」

「有蛇，我再說一次！」鴿子重複著。但是語氣比較緩和，而且還加了些啜泣聲，「我已經試了各種方法，但就是沒有辦法甩掉他們！」

「我完全不知道你在說什麼！」愛麗絲說。

「我試了住在樹根下，河岸邊，還有樹籬裡，」鴿子繼續說。「可是那些蛇就是不放過我！」

愛麗絲愈來愈困惑，不過她覺得在鴿子把話說完之前，她再說什麼都沒有用。

「好像光是孵蛋還不夠麻煩似的，」鴿子說。「我還得夜以繼日注意蛇的出入！我已經三個禮拜沒有闔眼了！」

「看到你這麼煩惱，我眞覺得很抱歉。」愛麗絲說。

「就在我搬到森林裡最高的樹頂時，」鴿子繼續說，扯著尖銳的嗓子。

「就在我想我已經甩掉牠們的時候，牠們居然彎彎扭扭地從天上掉了下來！哎呀呀，蛇啊！」

「欸，我『不』是蛇，我告訴你！」愛麗絲說。「我是……我是……」

「那妳是『什麼』？」鴿子說。「我看得出來妳想要編故事了！」

「我……我是一個小女孩，」愛麗絲不確定地說，因爲她想起來一整天經歷了好多次的改變。

「眞會編故事！」鴿子輕蔑地說。「我看過許多小女孩，卻沒有哪個有你這麼長的脖子！不！不！妳就是蛇，別再否認了。我猜妳還會告訴我，妳從來沒吃過蛋！」

「我當然有吃過蛋，」誠實的愛麗絲說。「不過小女孩吃的蛋和蛇一樣多，你知道吧。」

「我不相信，」鴿子說。「如果是這樣，那我只能說她們和蛇是同類。」

愛麗絲從沒這樣想過，就沉默了一兩分鐘，鴿子又補充說了幾句。「妳在找蛋，我很清楚，妳是小女孩還是蛇跟我有什麼關係呢？」

「當然有關係啊，」愛麗絲馬上說。「但我不是在找蛋，就算我是，我也不要你的蛋，我不喜歡吃生的蛋。」

「好吧，妳走吧！」鴿子生氣了，就飛回他的鳥巢。愛麗絲想在樹林裡蹲下來，可是她的脖子老是纏繞在樹枝間，一直要解開纏著的脖子。過了一會兒，她想起來她還有蘑菇，就小心的吃一口其中一塊蘑菇，再吃一口另一塊蘑菇。她有時候變高有時候變矮，最後終於變回她本來的身高。

她已經好久沒有回到正常的大小了，一開始她覺得有點奇怪，不過很快就習慣了，又開始像平常一樣自言自語，「看吧！我的計畫已經成功了一半！這些改變眞是奇怪！我從來不知道下一分鐘會變成什麼！然而，我已經變成我正確的尺寸了。下件事情是回到那美麗的花園……要怎麼去呢？」說到這，她突然看到一個地方，有一間大約四呎高的小房子。「不管誰住在這，」愛麗絲想。「我都不能用這樣的大小出現，免得嚇到他們。」於是，開始吃左手摘的蘑菇，直到她縮小到九英寸高，才走近那棟房子。

6
CHAPTER

第六章

小豬和胡椒

有一兩分鐘，她望著那房子，想著接下來要怎麼辦。突然有個穿制服的僕人跑出了樹林——她覺得那是個僕人，因爲他穿著制服；要不然，只看他的臉，她會說他是一條魚——用指節敲門。另一個穿制服的僕人來應門，他的臉圓圓的，眼睛大大的像青蛙一樣。愛麗絲注意到，他倆的頭髮塗著粉，長長捲捲的。她很想知道到底怎麼回事，就走出樹林外面一點聽聽。

魚僕人從手彎裡拿出了一個大大的信封，大概和他的身長一樣大，遞給另一個僕人，嚴肅地說：「謹致公爵夫人。王后邀請她打槌球。」蛙僕人用同樣嚴肅的語氣回應，不過句子的順序有些不同：「王后來函。邀請公爵夫人打槌球。」

兩人彼此深深一鞠躬，結果他們的鬈髮就纏在一起了。

愛麗絲看見，笑到不行，趕緊跑回樹林裡，免得被發現了。等她再往外瞥視時，魚僕人已經走了，蛙僕人則坐在靠近門邊的地上，呆呆地看著天空。

愛麗絲小心翼翼地走向前，敲了門。

「敲門沒用的，」那僕人說。「理由有二。第一，我和妳都在門的這一邊；第二，裡面太吵了，沒人會注意到妳。」說得也是，裡面的嘈雜聲巨大無比——不斷的嚎叫、打噴嚏聲音，三不五時又有東西破掉的聲音，好像盤子還是茶壺破成碎片了。

「拜託一下，」愛麗絲說。「我要怎麼樣才能進去呢？」

「妳敲門也許會有用，」那僕人回答，一眼也不看愛麗絲。「如果我們在門的兩邊，像說妳在裡面敲門，那我就可以開門讓妳出來了，懂吧。」他說話的時候一直看著天空，讓愛麗絲覺得他很沒禮貌。「不過也許他也沒辦法不這樣吧，」愛麗絲跟自己說。「他的眼睛幾乎長在頭頂了。可是至少他可以回答我的問題啊——我要怎樣才能進去？」她大聲地重複了一次。

「我會坐在這兒，」那僕人說。「一直到明……天……」

就在這時候，門開了，一個大盤子朝著僕人的頭頂飛過來，剛好擦過他的鼻尖，砸到他身後的樹幹，破成碎片。

「——也許我會坐到後天，」那僕人不為所動，用好像沒事發生一樣的語調說。

「我要怎樣才能進去？」她更大聲地又問了一次。

「妳眞的要進去嗎？」僕人問。「那是首要的問題，知道吧。」

當然啦，只不過愛麗絲不喜歡人家這麼跟她說。「眞的是糟糕透了，」她跟自己嘀咕著。「這些動物們應答的方式，眞要把人給逼瘋了！」

僕人似乎覺得現在是個好機會，可以把他剛剛說的話，換個方式再說一次。「我會坐在這兒，」僕人說。「有空沒空，都一天一天地坐下去。」

「那我怎麼辦？」愛麗絲說。

「妳想怎麼辦就怎麼辦，」僕人說著，開始吹起口哨來了。

「跟他多說無益，」愛麗絲絕望了。「他是標準白癡一個。」說著，她就自己開門走了進去。

進門就是間大廚房，滿室煙霧。公爵夫人坐在中間一張三腳凳上，抱著一個嬰兒；廚娘靠著火爐，攪拌著一個大鍋子，裡面好像是滿滿一鍋湯。

「湯裡鐵定放了太多胡椒了！」愛麗絲跟自己說，忍不住直打噴嚏。

空氣裡的胡椒味也太重了，連公爵夫人都不時打

噴嚏。小嬰兒則一下子打噴嚏，一下子又哭鬧，片刻也不停。廚房裡唯二沒打噴嚏的，一是廚娘，二是那隻大貓，端坐在爐灶邊，還咧嘴開心笑著。

「拜託一下，能不能告訴我，」愛麗絲怯怯地說，不知道她先開口說話是不是有禮貌。「爲什麼您的貓咪那樣咧嘴笑啊？」

「那是柴郡貓，」公爵夫人說。「所以會笑啊。小豬！」

她說最後那個詞的時候突然很大聲，把愛麗絲嚇得跳起來；還好愛麗絲發現那是對著小嬰兒叫的，不是對著她，所以她又鼓起勇氣繼續說：

「我不知道柴郡貓會笑；其實，我根本不知道貓會笑這回事。」

「他們都能夠笑，」公爵夫人說。「而且他們大部分都會笑。」

「我不知道有哪一隻貓會笑，」愛麗絲有禮貌地說，很高興她們終於開始對話了。

「妳知道的事情不多，」公爵夫人說。「我是說眞的。」

愛麗絲一點也不喜歡公爵夫人說這話的語氣，就想換個話題。她正在想的時候，廚娘剛把那鍋湯從火上端了下來，就突然開始拿著所有手邊的東西丟向公爵夫人和那小嬰兒——先是火鉗，接著平底鍋、盤子、碟子像驟雨一樣撲過來。公爵夫人卻毫不理會，連被打到了都無動於衷；那小嬰兒本來就已經哭鬧得不得了，所以根本看不出到底有沒有被傷到。

「哎，請注意妳在做什麼！」愛麗絲大叫，又氣又擔心地跳來跳去。「哎呀，他的寶貝鼻子啊！」只見一個超大的平底鍋飛了過來，幾乎削掉了小嬰兒的鼻子。

「如果每個人都能做好自己的事情，」公爵夫人用粗啞的聲音說。「地球會比現在轉得快一點。」

「那可不一定是好事，」愛麗絲說，很高興有個機會可以炫耀一下自己的一點知識了。「想想看吧，這會對白天和黑夜造成多大的影響啊！您知道，地球繞著地軸自轉一圈要二十四個小時……」

「什麼軸不軸，」公爵夫人說。「給我拿斧頭砍了她的頭。」

愛麗絲頗著急地瞄了廚娘一眼，看她聽到了沒，可是那廚娘只顧忙著攪拌那鍋湯，好像沒聽見，所以愛麗絲就繼續說下去：「二十四小時吧，我想，還是十二小時，我……」

「喔，別煩我了，」公爵夫人說。「我可受不了數字。」說完，她繼續照顧孩子，唱著搖籃曲，每唱完一句，就猛搖孩子一下。

「跟你的小男孩說話要粗聲粗氣，
他打噴嚏你就打他一下；
他這麼做要找麻煩，
因為他知道這樣很逗趣。」

合唱
（廚娘和小嬰兒一起加入）

「哇！哇！哇！」

公爵夫人唱第二段的時候，粗魯地把小嬰兒拋上拋下，搞得他大哭大鬧，愛麗絲幾乎聽不到歌詞了。

「我嚴厲地跟我的男孩說，
他打噴嚏我就打他；
這樣他大可完全放任，
盡情享受胡椒的氣味！」

合唱

「哇！哇！哇！」

「來吧！妳要的話，可以幫我照顧他一下！」公爵夫人告訴愛麗絲，說著就把嬰兒扔給了她。「我得準備一下，去跟王后打槌球了。」說完，她就匆匆走出廚房，廚娘便對著她身影扔了個平底鍋，不過沒擊中。

愛麗絲費力地接住了小嬰兒，因爲他長得有些怪異，手腳從四面八方伸出來，「像隻海星一樣」。她剛接住那個小東西時，他打著鼾，聲音大得像蒸汽引擎一樣，而且身體一下子縮成一團，一下子又伸展開來，所以愛麗絲花了幾分鐘才把他抱住。

愛麗絲終於搞清楚怎麼照料他，就是先把他扭成一個結，然後靠著抓牢他的右耳和左腳來抱穩他。一旦愛麗絲知道了這個訣竅，她就把他抱到戶外。「如果我不把這孩子帶走，」愛麗絲想。「她們這一兩天一定會把他給折騰死：把他留下來不就等於是謀殺他了嗎？」最後幾個字她說得很大聲，結果那小東西呼嚕一聲回應（這時候他已經不打噴嚏了）。「別呼嚕，」愛麗絲說。「那很沒禮貌。」

小嬰兒又呼嚕了一次，愛麗絲著急地檢查他的臉，看看到底怎麼了。毫無疑問，他有個像豬一樣的朝天鼻，而不是像人的鼻子；還有，對一個嬰兒來說，他的眼睛變得愈來愈超級小。總而言之，愛麗絲一點也不喜歡這東西的模樣。「不過也許是因爲他在哭的關係吧，」愛麗絲想。於是，她再檢查了一下他的眼睛，看看有沒有眼淚。

沒有，沒有眼淚。「如果你要變成一隻豬的話，我親愛的，」愛麗絲認眞地說。「我以後就再也不管你了，當心點啊。」那小東西又哭了起來（也可能又在呼嚕了，兩者很難區分），兩人接下來都沉默了好一會兒。

愛麗絲想著：「哎，假使我把這小東西帶回家，會怎麼樣呢？」突然，他又呼嚕起來，聲音大到讓愛麗絲嚇一大跳，趕緊低頭看看他的臉。這回絕對不會錯，他的的確確成了一隻小豬了。既然這樣，再繼抱著他走下去就太荒唐了。

所以她就放下那小東西，看著他安然走進樹林裡，覺得輕鬆不少。「如果他長大了，」愛麗絲跟自己說。「可能會是個醜到不行的孩童。不過，我覺得他會是一隻帥氣的小豬。」她也在想自己認識的小孩子裡，有誰當一隻豬也不錯，「只要知道把他們變成豬的方法就好了……」她正自言自語的時候，吃驚地發現，那隻柴郡貓坐在不遠處一棵樹的樹枝上。

柴郡貓看見愛麗絲，只是咧嘴笑著。他看起來很和善，不過他有很長的爪子和很多的牙齒，愛麗絲覺得要對他尊敬點兒。

「柴郡貓，」她怯怯地開口說話了，不知道這樣稱呼他好不好，只見柴郡貓嘴咧得更大了。「還好，到目前爲止，他還挺高興的，」愛麗絲想著，就繼續說下去。「能不能麻煩您告訴我，我該走哪條路呢？」

「就看妳要去哪兒，」柴郡貓說。

「我不在乎去哪兒……」愛麗絲說。

「那妳要走哪條路都行，」柴郡貓說。

「……只要我能到達某個地方就好，」愛麗絲補充說。

「喔，那妳一定行的，」柴郡貓說。「只要妳走得夠久就成了。」

愛麗絲認爲柴郡貓說得有道理，所以就換個問題。「住在這裡的都是些什麼樣的人啊？」

「在那個方向，」柴郡貓說，用右掌比劃著。「住著一位瘋帽匠；在那個方向，」柴郡貓用左掌比劃著。「住著三月兔。他們兩位妳都可以去拜訪，反正兩個都是瘋子。」

「可是我不想跟瘋子在一起，」愛麗絲說。

「這可由不得妳了，」柴郡貓說。「我們這兒的人都是瘋子，我是瘋子，妳也是瘋子。」

「你怎麼知道我是瘋子？」愛麗絲說。

「妳一定是啊，」柴郡貓說。「要不然妳就不會來這兒了。」

愛麗絲覺得柴郡貓說的話一點說服力也沒有；無論如何，她還是繼續問下去：「你怎麼知道你是瘋子呢？」

「這麼講吧，」柴郡貓說。「妳應該同意狗不是瘋子吧？」

「我想應該不是吧，」愛麗絲說。

「那麼，」柴郡貓說。「妳知道狗餓了會叫，高興了就搖尾巴。現在我高興了會叫，餓了就搖尾巴。因此，我是瘋子。」

「我覺得那是呼呼聲，不是叫聲，」愛麗絲說。

「隨妳怎麼說啦，」柴郡貓說。「妳今天要跟王后打槌球嗎？」

「我很想去，」愛麗絲說。「可是我還沒被邀請。」

「妳跟我在那兒碰面，」柴郡貓說完，就不見蹤影了。

愛麗絲見怪不怪，她已經很習慣這些怪事的發生了。就在她還盯著柴郡貓消失處看的時候，他突然又出現在眼前。

「順便問一下，那個小嬰兒後來怎麼樣了？」柴郡貓說。「我差點忘了問。」

「他變成一隻小豬了，」愛麗絲平靜地回答，好像柴郡貓本來就會回來一樣。

「我就知道他會這樣，」一說完，柴郡貓又不見了。

愛麗絲等了一下，有些希望能再看到柴郡貓，可是他沒有再出現。又過了一會兒，愛麗絲就往據說三月兔住的地方走去。「我以前看過帽匠，」她又自言自語著。「所

以三月兔會有趣很多，現在已經五月了，也許他不會太過瘋狂——至少不會像三月那麼瘋吧。」正說著呢，她一抬頭就又看到了柴郡貓坐在樹枝上。

「妳剛剛說是豬，還是無花果？」柴郡貓說。

「我說是豬，」愛麗絲回答。「而且我希望你不要一直突然出現又突然消失，會讓人頭昏。」

「好吧，」柴郡貓說。這回他就慢慢地消失，尾巴先開始不見，最後那咧嘴的笑臉在他身體消失後好一陣子，才完全不見。

「哎呀，我看過不會笑的貓，」愛麗絲心想。「不過，看到笑臉卻沒看到貓，倒是我這輩子見過最奇特的事情了！」

沒走多遠，愛麗絲就看到了三月兔的屋子，她認爲那棟就是三月兔的家，因爲煙囪像兔耳朵，屋頂鋪著兔毛。因爲屋子太大了，所以她先吃了一小口左手拿著的蘑菇，讓自己長大到兩英尺高，才敢走近屋子一點。即使這樣，她還是怕怕的，告訴自己：「萬一他真的瘋瘋癲癲的話，我會希望自己去找瘋帽匠還好些。」

7

CHAPTER

第七章

瘋狂的茶會

三月兔屋前樹下有張桌子，他和瘋帽匠正坐著喝茶。一隻睡鼠在他倆中間熟睡著，他倆就用睡鼠當靠枕，擱著他們的手肘，就這麼聊起天來。「嗯，睡鼠一定覺得很不舒服，」愛麗絲想。「不過既然他睡著了，我想他也不會介意吧。」

那張桌子很大，可是那三個卻擠在一邊，看到愛麗絲往他們那兒走過去，叫著：「沒空位了！沒空位了！」愛麗絲憤憤地說：「空位還多著呢！」說著就一屁股坐在桌子另一邊的大扶手椅上。

「喝點酒吧，」三月兔殷勤地說。愛麗絲看了看桌上的東西，除了茶以外什麼也沒有。「我沒看到酒啊，」她說。

「是沒有酒啊，」三月兔說。

「那你還請我喝酒，眞是沒禮貌，」愛麗絲氣著說。

「妳不請自來還自行入座也很沒禮貌啊，」三月兔說。

「我不知道這是你們的桌子，」愛麗絲說。「那麼大的桌子坐得下的人數，遠遠超過三個。」

「妳該剪頭髮了，」瘋帽匠說。他好奇地瞧著愛麗

絲看了好一陣子，才開口說話。

「你得學著別做個人批評，」愛麗絲正經八百地說。「那是非常魯莽的行爲。」

瘋帽匠聽到這番話，睜大了眼睛，可是只能說出：「爲什麼烏鴉長得像書桌？」

「好，現在有些好玩了！」愛麗絲想。「我眞高興他們開始猜謎語了——我一定能猜對的，」她大聲補充說著。

「妳是說妳知道謎底嗎？」三月兔說。

「正是。」愛麗絲說。

「那麼妳就該說出妳所想的。」三月兔接著說。

「我會這麼做，」愛麗絲匆忙回答。「至少……至少我想的就是我說的——

都是同一回事。」

「它們根本就不是同一回事，」瘋帽匠說。「妳還不如說『我看到我吃的東西』和『我吃我看到的東西』都是同一回事。」

「妳還不如說，」三月兔也跟著說。「『我喜歡我得到的東西』和『我得到我喜歡的東西』都是同一回事。」

「妳還不如說，」睡鼠也說話了，儘管他像在說夢話。「『我睡覺時呼吸』和『我呼吸時睡覺』都是同一回事。」

「反正對你來說都一樣，」瘋帽匠告訴睡鼠。到此，這段對話停了，大家靜靜地坐著。愛麗絲仔細思考她所記得關於烏鴉和書桌的事情，卻想不出什麼。

瘋帽匠首先打破了沉默。「今天是幾月幾號？」他對著愛麗絲問，從口袋裡拿出錶，不安地看著錶，三不五時搖著它，又拿近耳朵聽著。

愛麗絲想了想，說：「四號。」

「錯了兩天，」瘋帽匠嘆著氣說。「我就跟你說，奶油不合用！」他生氣地看著三月兔。

「那可是最好的奶油。」三月兔不好意思地說。

「是啊，可是一定有麵包屑掉進去了，」瘋帽匠嘟囔著。「你不該用麵包刀塗奶油的。」

三月兔沮喪地看著錶，用錶沾了一下他杯子裡的茶，又看看錶，他所能說的最好的話還是他本來說的：「那可是最好的奶油，知道吧。」

愛麗絲好奇地往後看著三月兔。「好好玩的錶啊！」她說。「好好玩的錶啊！上面有幾月幾號，卻沒有時間。」

「爲什麼要有時間？」瘋帽匠嘀咕著。「你的錶有年份嗎？」

「當然沒有，」愛麗絲不加思索地回答。「那是因爲一年的時間很長，都不會改變。」

「我的錶也是因爲這樣，所以才沒有時間。」瘋帽匠說。

愛麗絲覺得非常疑惑。瘋帽匠說的明明是英文，她卻不懂那是什麼意思。

「我不太懂，」她盡量客氣地說。

「睡鼠又睡熟了，」瘋帽匠說著，就淋了一點熱茶到他鼻子上。

睡鼠不耐煩地搖了搖頭，閉著眼睛說：「當然，當然，那正是我想說的。」

「妳猜到謎底了嗎？」瘋帽匠問愛麗絲。

「沒猜到，我放棄，」愛麗絲回答。「謎底是什麼？」

「我一點兒概念也沒有。」瘋帽匠說。

「我也沒概念。」三月兔說。

愛麗絲累到筋疲力盡地嘆了口氣。「我覺得你們要好好運用時間，」愛麗絲說。「別把它浪費在想一些沒答案的謎題。」

「假使妳對時間的了解和我一樣好的話，」瘋帽匠說。「妳就不會說什麼浪費它了，應該是他才對。」

「我不懂你的意思。」愛麗絲說。

「妳當然不懂，」瘋帽匠說著，還輕蔑地搖頭晃腦。「我敢說妳從來沒有跟時間大哥說過話。」

「或許沒有，」愛麗絲謹慎地說。「不過我學音樂的時候，都是按著時間打拍子的。」

「啊，這就是了，」瘋帽匠說。「他最討厭被打拍子。如果妳好好跟他談，他幾乎會利用時鐘幫妳搞定所有妳想到的時間問題。譬如說，早上九點要上學了，妳只要跟時間大哥使個眼色，指針瞬間轉了轉，一下就到一點半的午餐時間了。」

（「我希望真是這樣，」三月兔輕聲自言自語。）

「那一定很棒，」愛麗絲若有所思地說。「可是我那時候應該還不餓吧。」

「或許剛開始不會餓，」瘋帽匠說。「不過，妳可以隨妳喜歡讓時間一直停在一點半。」

「你就是那樣做的嗎？」愛麗絲問。

瘋帽匠傷心地搖了搖頭。「不是我！」他回答。「去年三月他瘋掉以前（他用茶匙指著三月兔），我跟時間大哥吵了一架——就在紅心王后舉辦的一場盛大音樂會上，我唱著：

「一閃一閃小蝙蝠！
我真好奇你忙啥！」

「你大概知道這首歌吧？」
「我聽過類似的，」愛麗絲說。
「那首歌接下來，」瘋帽匠說。「是這樣的：

高高飛在天空上，
就像一個小碟子。
一閃一閃……

這時，睡鼠身體晃了一下，在睡夢中唱了起來，「一閃，一閃，一閃，一閃」，一直唱個不停，其他人不得不捏他一把，讓他停下來。

「唉，我還沒唱完第一段呢，」瘋帽匠說。「王后跳起來怒斥：『他沒按時間打拍子，真是謀殺時間！把他的頭給我砍了！』。」

「多可怕無情啊！」愛麗絲喊著。

「從那時候開始，」瘋帽匠傷心地繼續說。「時間大哥再也不幫我任何忙了！現在我們的時間就一直是六點鐘。」

愛麗絲突然靈光一閃。「這就是爲什麼這裡擺了這麼多茶具的原因嗎？」她問。

「是，是，」瘋帽匠嘆著氣說。「永遠都是午茶時間，我們連清洗東西的時間都沒有。」

「所以你們只能不停地繞著桌子換位置吧？」愛麗絲說。

「正是如此，」瘋帽匠說。「茶具用過就得換乾淨的啊。」

「可是當你們繞了一圈，又回到原位的時候怎麼辦呢？」愛麗絲斗膽問著。

「讓我們換個話題吧，」三月兔打岔說，還打著哈欠。「我快被這個話題煩死了。我提議請這位年輕女士，爲我們說個故事。」

「恐怕我沒故事可說啊，」愛麗絲說，被這個提議嚇了一跳。

「那就睡鼠說吧，」他倆同時說。「起床啦，睡鼠！」兩人同時從兩邊捏了睡鼠。

睡鼠慢慢睜開眼睛，「我沒睡著啊！」他用沙啞無力的聲音說。「你們說的每個字我都聽到了。」

「說個故事給我們聽吧，」三月兔說。

「對呀，拜託！」愛麗絲懇求著。

「說快一點，」三月兔補充一句。「不然你還沒說完，就又睡著了。」

「很久以前，有三個姊妹，」睡鼠匆忙開始了。「分別叫做艾希、蕾西，和媞莉，她們住在一口井底……」

「她們都吃什麼？」愛麗絲問，她一向對吃和喝的問題很感興趣。

「糖蜜，」睡鼠想了一兩分鐘後說。

「不會吧，你知道，」愛麗絲溫和地回說。「她們這樣會生病的。」

「她們是生病了，」睡鼠說。「還病得不輕。」

愛麗絲想要想像，那麼特別的生活方式到底是什麼樣子，可是實在想像不出來，就繼續問：「她們爲什麼要住在井底呢？」

「再喝點茶，」三月兔熱心地跟愛麗絲說。

「我連茶都還沒喝，」愛麗絲不高興被冒犯了。「所以，我根本不能再喝點。」

「妳的意思是要妳少喝茶有困難，」瘋帽匠說。「可是既然妳還沒喝茶，要多喝點是容易得多。」

「沒人問你的意見，」愛麗絲說。

「現在是誰在做個人批評啊，」瘋帽匠頗爲自豪地說。

愛麗絲不知如何以對，就自個兒倒了杯茶和一個奶油麵包，向著睡鼠，又問了一遍她的問題。

「她們爲什麼要住在井底呢？」

睡鼠再想了想，說：「那是一口糖蜜井。」

「沒那回事！」愛麗絲生氣了。可是瘋帽匠和三月兔發出「噓！噓！」的聲音，睡鼠也不高興地說：「如果妳一點禮貌都不懂，那妳就自己講完故事吧。」

「不要啦，拜託再繼續下去！」愛麗絲謙恭地說。「我不會再打斷你了。我敢說眞的有這種井。」

「當然有！」睡鼠憤慨地說。不過，他答應繼續把故事說下去。「這三個姊妹在學打……，知道吧。」

「她們打什麼？」愛麗絲忘了她答應不打岔的。

「糖蜜，」睡鼠這次想也不想地說。

「我想要個乾淨的杯子，」瘋帽匠打岔了。「我們都挪到下個座位吧。」

他一邊說著一邊就挪動位子，睡鼠跟著動，三月兔就坐了睡鼠的座位，愛麗絲就心不甘情不願地坐了三月兔的座位。瘋帽匠是因爲座位改變得到最多好處的人，愛麗絲則最倒楣，因爲三月兔挪動的時候，把牛奶瓶弄倒在他的盤子裡。

愛麗絲不想再冒犯睡鼠，所以她小心翼翼地問：「不過我不懂，她們從哪兒打糖蜜上來呢？」

「妳可以從水井打水上來，」瘋帽匠說。「所以當然妳也可以從糖蜜井打糖蜜上來啊，笨哪？」

「可是她們就住在井裡。」愛麗絲跟睡鼠說，沒理會瘋帽匠最後說的話。

「當然她們就住在井裡，」睡鼠說。「很深的地方。」

這答案眞把可憐的愛麗絲搞迷糊了，她就閉嘴讓睡鼠繼續說下去。

「她們還學畫畫，」睡鼠說著，打哈欠又揉眼睛，因爲他很想睡了。「而且她們畫的都是M字母開頭的東西……」

「爲什麼是M？」愛麗絲說。

「爲什麼不能是M？」三月兔說。

愛麗絲被反問得啞口無言。

睡鼠這時候已經闔上眼睛，開始打盹了，可是被瘋帽匠一戳，尖叫了一聲醒來，又繼續講下去。「M字母開頭的東西，像是捕鼠器、月亮、回憶，還有許多。妳知道我們會說東西『多到許多』，可是妳有看過一幅畫的就是『許多』的畫嗎？」

「說眞的，既然你問了。」愛麗絲困惑地說。「我不覺得……」

「那妳就少開口。」瘋帽匠說。

愛麗絲受不了這樣粗魯的言語，覺得很反感，站起身來就走人了。睡鼠立刻熟睡到不行，其他兩位一點也沒注意到她的離席。雖然她轉頭往後看了一兩次，有點希望他們能叫住她；最後一次回頭，卻只見他們忙著把睡鼠塞到茶壺裡。

「不管怎樣，我絕不會再去那兒，」愛麗絲在樹林裡找路時說。「那是我參加過最蠢的茶會了。」

剛說完，她就發現有棵樹開了個門可以通過。「真奇怪！」她想。「可是今天發生的事都很奇怪。我想我就趕快進去吧！」她就這麼

進去了。

她發現自己又再次到了長廳，靠近小玻璃桌的地方。「這次，我會把事情處理得好一點，」她告訴自己，然後拿起小金鑰匙，打開通往花園的門。接著，她小口小口咬著蘑菇（她一直保留了一小片在口袋裡），讓自己變成一英尺高，再走下通道。終於，她發現自己到達了漂亮的花園，置身於亮麗的花床和清涼的噴泉裡。

8
CHAPTER

第八章

王后的槌球場

花園入口旁邊有一棵很大的玫瑰樹，樹上開的玫瑰花是白色的，可是卻有三位園丁忙著把它們彩繪成紅色。愛麗絲覺得很奇怪，就走近點看看，剛走到就聽到其中一個人說：「小心點，黑桃五！別把顏料潑到我身上了！」

「我沒辦法，」黑桃五不高興地說。「是黑桃七撞到我的手肘。」

黑桃七聽見了就回嘴，「對啊，黑桃五，你每次都把錯推到別人身上。」

「你最好別說話！」黑桃五說。「我昨天才聽到王后說，眞該砍你的頭。」

「爲什麼？」第一個說話的人問。

「沒你的事，黑桃二，」黑桃七說。

「正是他的事！」黑桃五說。「我得告訴他，是因爲他錯把鬱金香球根當成洋蔥拿給廚子了。」

黑桃七扔下了刷子，剛說：「所有不公平的事情裡……」，突然瞥見愛麗絲站在那兒看著他們，就停下來不說了，另外兩位也轉過身來，三人對著愛麗絲深深一鞠躬。

「能不能請你們告訴我，」愛麗絲怯怯地說。「你們爲什麼要把玫瑰花漆成紅色的呢？」

黑桃五和黑桃七什麼也沒說，只看著黑桃二。黑桃二壓低嗓門說：「小姐，妳知道事情是這樣的。這裡本來應該種的是一棵開著紅色玫瑰花的樹，可是我們不小心種成白色的，如果王后知道了，我們都得腦袋落地。於是乎，在王后駕臨之前……」。就在這時候，一直焦慮地環視著花園的黑桃五大叫：「王后駕臨！王后駕臨！」三個園丁立刻臉朝下趴在地上，一陣嘈雜的腳步聲傳來，愛麗絲四處張望，急切地想看到王后。

首先出現的是十位拿著儀仗的士兵，身形和三位園丁一樣，長長扁扁的，手腳就從四邊長出來。接著出現的是十位宮臣，全身服飾綴滿了撲克牌的方塊，兩個兩個一列像士兵一樣進場。尾隨在後的是皇室的十位子女，蹦蹦跳跳手牽手，快快樂樂地兩個兩個進場，服飾圖案則是撲克牌的紅心。然後就是貴賓們，他們的身分大都是國王和王后。愛麗絲在這群貴賓裡，發現了白兔，他慌張地和賓客交談，不管別人跟他說什麼，他都微笑以對，卻一點也沒注意到愛麗絲。下一位出現的是紅心傑克，他手上捧著深紅色的絲絨軟墊，上面放著國王的王冠。這整個大陣仗行列的最後，正是**紅心國王與王后本人**。

愛麗絲在想，自己是不是要像三個園丁一樣趴地跪拜，可是她不記得聽過遊行有這麼個規矩，還有她覺得：「如果人們都趴著跪拜，根本看不到遊行行列，那遊行有什麼意思呢？」所以，她就站在原位，等著。

等到遊行隊伍走到了愛麗絲對面，就停了下來，大家都看著她。王后厲聲質問：「這誰啊？」被問的紅心傑克只鞠躬微笑回應。

「白癡！」王后不耐煩地搖搖頭，轉向愛麗絲問道，「妳叫什麼名字啊，孩子？」

「我叫愛麗絲，殿下。」愛麗絲極有禮貌地回答，但是她心裡想：「啊，他們不過就是一疊撲克牌嘛，我不必怕他們。」

「這幾個又是誰？」王后指著趴在玫瑰樹下的三個園丁問道。因爲他們臉朝下，背上的圖案和其他人一模一樣，這讓王后很難辨識到底他們是園丁、士兵，或者宮臣，甚至是她自己的王室子女。

「我哪會知道啊？」愛麗絲說，被她自己的大膽嚇了一跳。「那又不

關我的事。」

王后氣得臉都脹紅了，瞪著愛麗絲好一會兒後，尖叫著：「給我砍了她的頭！砍……」

「豈有此理！」愛麗絲聲音又宏亮又果決，王后安靜下來了。

國王把手放在王后的手臂上，怯怯地說：「再想想吧，親愛的。她只是個孩子啊！」

王后氣呼呼地走過國王身邊，下令紅心傑克：「把他們翻過來看看。」

紅心傑克聽令行事，很小心地用一隻腳去翻那三個園丁。

「站起來！」王后尖銳又大聲的音調，讓三個園丁立刻跳了起來，向國王、王后、王室子女，以及所有其他的人鞠躬行禮。

「免了這些吧！」王后尖叫。「你們搞得我頭昏。」然後，她轉向那棵玫瑰樹，問道：「你們在這兒做什麼？」

「回您的話，殿下，」黑桃二單膝跪地，謙卑地答道：「我們正努力……」

「我明白了，」王后說，她那時已經仔細看過了那些玫瑰花。「給我砍了他們的頭！」於是，遊行隊伍繼續往前走，留下三位士兵處決那幾個倒楣的園丁，他們就跑到愛麗絲那兒尋求庇護。

「你們不會被砍頭的！」愛麗絲說，順手把他們塞到旁邊的一個大花盆裡。那三位士兵四下巡視尋找了一會兒，之後就安靜地加入遊行行列繼續前進。

「他們的頭給砍了？」王后喊著。

「他們人頭落地了，回您的話，殿下！」士兵們大聲回答。

「很好！」王后呼喊著。「你會玩槌球嗎？」

士兵們沒應答，看著愛麗絲，這問題顯然是針對愛麗絲問的。

「會，」愛麗絲叫著。

「好，那來吧！」王后喊著。愛麗絲就加入了遊行的行列，很好奇接下來會發生什麼事。

「今……今天天氣很好！」一個羞怯的聲音從她旁邊發出來，她正走在白兔旁邊呢，而白兔正急切地偷瞄著她的臉看。

「天氣眞好，」愛麗絲說。「公爵夫人呢？」

「噓，噓，」白兔的聲音又低又急，邊說話還邊往後看，然後墊著腳尖，把嘴巴湊近她的耳朵，小小聲說：「她要被處決了。」

「爲什麼？」愛麗絲說。

「你是說：『很遺憾』嗎？」白兔問。

「沒有，我沒那麼說，」愛麗絲答道。「我沒認爲那是遺憾，我只是問『爲什麼』。」

「她打了王后耳光，」白兔說出口了，愛麗絲一聽就笑了出來。「喔，噓！」白兔嚇得耳語。「王后會聽到妳講的話！妳知道吧公爵夫人遲到很久，王后說……」

「各就各位！」王后如雷貫耳的聲音喊著。大家跑著四處散開，彼此碰撞著。沒一會兒，大家就位，球戲開始了。

愛麗絲覺得，她這輩子還沒見過這麼奇特的槌球場。場子滿是土堆和溝渠，槌球是活生生的刺蝟，槌球棍是活生生的長脖子紅鶴，球門則是手腳貼地，弓著身體的士兵。

愛麗絲首先遇到的主要困難，是駕馭她的紅鶴。她成功地把紅鶴安穩地夾在她的手臂裡，讓紅鶴的雙腳垂下來，可是就在她要拉直牠的脖子，用牠的頭去揮擊刺蝟球時，紅鶴轉頭過來看著愛麗絲，牠滿臉困惑的模樣讓愛麗絲忍不住笑了出來。等愛麗絲按著牠的頭，準備再次揮擊時，卻生氣地發現，刺蝟伸展開身體跑走了。除此以外，她想把刺蝟球打出去的地方，沒有土堆就有溝渠礙路，那些弓著身體當球門的士兵，也常常站起來，走動到其他地方去。愛麗絲很快就下了個結論：這眞是非常困難的遊戲。

所有參賽者同時下場打球，而不是按照順序輪流下場，所以他們無時無刻都在爭吵，搶著打刺蝟球。沒一會兒，王后已怒不可言，跺著腳，一下喊著：

「砍了他的頭！」一下又喊著：「砍了她的頭！」

愛麗絲開始覺得不安，截至目前爲止，她確實還沒有跟王后起過衝突，可是她知道那可能隨時會發生，「到時候，」她想。「我會出什麼事啊？這裡的人超愛砍人的頭，希奇的是，到現在還有人活著！」

她四下打量著有沒有什麼逃跑的路，還想著要怎麼樣逃跑而不會被發現，卻看到空中有個奇怪的東西。本來她很納悶，後來細看之下才發現那是個微笑，於是她跟自己說：「是柴郡貓啊，這下我有人可以講話了。」

「妳怎麼樣啊？」他的嘴一現出來，柴郡貓就問道。

愛麗絲等到柴郡貓的眼睛出現了，才點頭打招呼。「現在跟他說話也沒用，」她心想。「至少得等他的耳朵出來，最少也得有一隻出來才行。」不一會兒，柴郡貓的頭完整現形了，愛麗絲放下她的紅鶴，開始講起這場球戲，好高興終於有人可以聽她說話了。柴郡貓似乎覺得他目前現身的程度正好，也沒有再繼續現出其他部分。

「我覺得他們玩遊戲一點也不公平，」愛麗絲用抱怨的語氣說。「他們爭吵得那麼厲害，連自己說話的聲音都聽不到，特別是他們好像沒有任何遊戲規則，即使有，也沒有人遵守。你不知道當所有球具都是活生生的時候，場面會多麼混亂。例如說，我快要進球的時候，球門卻起身走到球場另一頭去了；還有，就在我的刺蝟球要打到王后的刺蝟球時，牠一看到我的球滾過去，就趕緊跑掉了。

「妳喜歡王后嗎？」柴郡貓用低低的聲音問。

「一點也不喜歡，」愛麗絲說。「她實在很……」話還沒說完，她發現王后就在她身後，而且在聽她講話，於是她話鋒一轉，說道：「有可能會贏，不必等結束，就可以知道球戲的結果了。」

王后微笑著離開了。

「妳在跟誰講話啊？」國王走近愛麗絲，好奇地看著柴郡貓的頭。

「這是我的朋友，柴郡貓，」愛麗絲說。「請容我爲您介紹。」

「我一點也不喜歡他的樣子，」國王說。「不過，

如果他希望的話，可以吻我的手。」

「我想不必了，」柴郡貓回答。

「不可無禮，」國王說。「不准那樣看著我。」說著便走到愛麗絲身後。

「貓可以盯著國王看，」愛麗絲說。「我在某本書上讀到過，可是我不記得是哪本書了。」

「那麼，他得被趕出去，」國王堅決地說。他叫住了正經過那兒的王后，說道：「親愛的！我希望妳把這隻貓趕走。」

不管大事小事，王后處理的辦法只有一種：「給我砍了他的頭！」她瞧也不瞧一眼，就下了命令。

「我親自去把劊子手找來，」國王急切著說著就走開了。

愛麗絲覺得她最好回去看看現在遊戲進行得怎麼樣了，因爲她聽到遠遠傳來王后尖叫聲。她已經聽到王后又判了三個參賽者死刑，原因是輪到他們打球了，他們卻沒上場。愛麗絲很不喜歡這樣的場面，遊戲亂糟糟的，也搞不清楚是不是該輪到她，所以她就走開去找她的刺蝟球了。

她的刺蝟球正和另一隻纏鬥著，愛麗絲看好這個機會用其中一隻打另一隻。問題是她的紅鶴跑到花園另一邊去，徒勞無功地想要飛到一棵樹上。

等到她抓到了紅鶴並且把他帶了回來，遊戲已經結束，那兩個刺蝟球也不見蹤影。「沒事的，」愛麗絲想。「因爲所有的球門也都走光光了。」所以，她把紅鶴僅僅夾在手臂下，免得他再落跑，然後轉身回去想再跟她的朋友多聊一下。

當她回去找柴郡貓的時候，很意外地發現他身邊圍了一群人。劊子手、國王，和王后喋喋不休爭辯著，其他人則保持沉默，一臉不安的樣子。

愛麗絲一出現，就被那三個人吵著解決問題。因爲他們同時各說各話，使得愛麗絲很難搞懂他們到底在講什麼。

劊子手的說詞是，要砍人的頭，一定要先有一個有頭的身體才能砍。他從沒砍過沒有身體的頭，這輩子也不會做這種事。

國王的說詞是，只要是有頭的東西就可以被砍頭，劊子手最好廢話少說。

王后的說詞是，假使她的命令不卽刻執行，所有的人都會被砍頭。（就是這句話，讓所有在場的人嚇得不得了。）

愛麗絲只能想到說：「那是公爵夫人的貓。你們聽聽她的意見好了。」

「她在牢裡，」王后告訴劊子手：「去把她帶上來。」劊子手立刻健步離開。

劊子手一走，柴郡貓就慢慢淡去消逝。等劊子手押著公爵夫人回來時，他已經完全消失不見。於是國王和劊子手到處瘋狂地找柴郡貓，其他的人則繼續回去完他們的遊戲。

9
CHAPTER

第九章

假龜的故事

「妳不知道我能再看到妳有多高興啊，親愛的老朋友，」公爵夫人說，親切地勾著愛麗絲的手臂，兩人一起走著。

愛麗絲眞高興公爵夫人心情很好，想著她們在廚房相遇時，她的暴躁可能是胡椒粉造成的。

「如果我成爲公爵夫人的話，」愛麗絲心想（雖然沒抱什麼希望）。「我的廚房裡絕對不能有任何一點胡椒粉。濃湯不加胡椒粉也很好喝。也許就是胡椒粉讓人脾氣暴躁，」她繼續說著，很開心自己能想出一些新規矩。「醋會讓人變得酸溜溜的，洋甘菊會讓人變得苦苦的，還有……還有大麥、糖之類的東西會讓小孩子變得像小甜甜一樣。我只希望大家都知道這些事，這樣他們給東西就不會那麼小氣了，你懂吧。」

愛麗絲在想這些事情時，幾乎忘了公爵夫人的存在，所以聽到夫人靠近她耳邊低語時竟被嚇了一跳。「妳在想事情啊，想得連說話都忘了。我現在沒辦法馬上告訴妳這種情形有什麼意義，可是過一會兒我就會記起來了。」

「說不定根本沒什麼意義。」愛麗絲斗膽說。

「嘖嘖嘖，孩子啊，」公爵夫人說。「任何事情都有意義，就看妳了解不了解。」她說這話時還特別擠近愛麗絲身邊。

愛麗絲不太喜歡夫人這麼靠近她。首先是因爲夫人醜，其次是因爲夫人的高度恰好可以把她的下巴擱在愛麗絲的肩膀上，那下巴尖尖的讓人很不舒服。不過，愛麗絲不想失禮，只好盡可能地忍耐。

「比賽現在進行得順利多了。」她說，想要找個話題繼續。

「是啊，」公爵夫人說，「那背後的意義就是——愛啊，愛就是推動世界運行的力量。」

「也有人說，」愛麗絲低聲道。「自掃門前雪才是世界運行的力量。」

「哎呀！反正意思都一樣，」公爵夫人說著，把她那尖尖的下巴更用力地

擱到愛麗絲肩膀上了。「這件事的意義就是，只要妳知道自己要說什麼，妳自然而然就會說出來了。」

「她可眞喜歡看事情講道理啊！」愛麗絲心想。

「我敢說妳一定在想，爲什麼我不攬著妳的腰？」停頓了一下之後，公爵夫人說。「原因是我不太清楚妳的紅鶴性情如何。我可以做個實驗嗎？」

「他可能會咬人。」愛麗絲小心地回答，對於什麼實驗一點也不熱中。

「確實如此，」公爵夫人說。「紅鶴和芥末都會咬人。這件事的意義就是『物以類聚』。」

「不過芥末不是鳥類。」愛麗絲表示。

「對啊，就是這樣，」公爵夫人說。「妳表達的方式眞清楚。」

「我想，那是種礦物吧，」愛麗絲說。

「當然是，」公爵夫人說，她看起來打算同意愛麗絲說的所有事情。「這附近有個很大的芥末礦場。這件事的意義就是——我有的越多，妳有的越少。」

「喔，我知道了！」愛麗絲喊著，沒注意公爵夫人的最後那句話。「那是一種蔬菜，雖然看起來不像，可是它眞是蔬菜。」

「我很同意，」公爵夫人說。「嗯，這件事的意義就是——『你要保持你應該看起來的樣子』——說得簡單點就是——『萬萬不可把自己想成不是別人想看到的你，因爲你過去或可能曾經，讓別人覺得你和他們想的模樣不一樣』。」

「我想，我會更了解您的意思。」愛麗絲很有禮貌地說。「如果我把您說的寫了下來，可是只聽您說，我眞不太懂。」

「比起我能說的，我剛說的眞算不了什麼。」公爵夫人高興地回應。

「拜託您別再麻煩說更長的句子了。」愛麗絲說。

「哎呀，別說什麼麻煩！」公爵夫人說。「我所說的話都是給妳的禮物啊！」

「廉價的禮物！」愛麗絲心想。「還好人們不會送那樣的禮物。」不過她可不敢說出來。

「又在想事情了？」公爵夫人問道，她的尖下巴又戳了愛麗絲肩膀一下。

「我有想事情的權利。」愛麗絲鋒利地說，因爲她開始有些煩躁了。

「就好像說，」公爵夫人說。「豬也有飛的權利，而這個意……」

這時候，出乎愛麗絲意料之外，公爵夫人的聲音突然停了，連她最喜歡說的「意義」那個詞都還沒說完，而她挽著愛麗絲的手臂開始顫抖起來。愛麗絲抬頭一看，原來王后來到了她們面前，叉著雙臂，滿臉的不高興像雷雨一樣。

「天氣眞好啊，陛下！」公爵夫人低聲下氣地說。

「我可警告妳，」王后踱著腳喊叫著。「要不妳滾開，要不就妳的人頭滾開，立刻選擇，不許耽擱」。

公爵夫人當下做了選擇，馬上滾得無影無蹤。

「我們繼續玩球賽吧。」王后跟愛麗絲說。愛麗絲已經嚇得一句話也不敢說，只慢慢地跟著她回到槌球場。

其他的賓客利用王后不在的時候，都到蔭涼處休息了。可是一看到王后，他們都衝回球場，王后僅撂下一句話，若有延誤，必死無疑。

球賽進行過程中，王后不停地與參賽的人爭執，不是喊著：「砍了他的頭！」就是嚷著：「砍了她的腦袋！」被判決的人立刻被士兵送進監牢，因爲當球門的士兵離開了，所以大概半小時左右，球門也都沒了。除了國王、王后和愛麗絲，所有其他的參賽者都判刑扣押。

於是，王后上氣不接下氣地停止了球賽，問愛麗絲說：「妳見過假龜了嗎？」

「沒有，」愛麗絲說。「我連假龜是什麼都不知道。」

「假龜就是用來做假龜湯的啊。」王后說。

「我從來沒看過或聽過。」愛麗絲說。

「那麼，來吧，」王后說。「他會跟妳說他的故事。」

他們一起走著離開時，愛麗絲聽到國王低聲告訴大家，「你們都被赦免了。」「那眞是件好事啊！」

愛麗絲心想。那麼多人被王后判了死刑，讓她覺得很難過。

沒多久，他們就看見了一頭獅身鷲首獸，躺在陽光下熟睡著。（如果你不知道獅鷲獸是什麼，看看插圖就知道了。）「起來，懶傢伙，」王后說。「帶這位年輕女士去看假龜，聽聽他的故事。我得回去查看我下達的處決令執行的情形。」她走開了，把愛麗絲獨自留給獅鷲獸處理。愛麗絲不怎麼喜歡這隻怪獸的模樣，可是基本上她覺得待在怪獸這兒比跟野蠻的王后在一起來得安全些，因此她就留下來等候著。

獅鷲獸坐了起來，揉揉眼睛，望著王后的身影直到看不到為止，然後他嗝嗝笑出來。「眞好玩！」一半是自言自語，一半是對著愛麗絲說。

「好玩什麼？」愛麗絲問。

「喔，王后啊！」獅鷲獸說。「一切都是她想像出來的，妳知道，他們從來沒處決過任何一個人。跟我來吧！」

「在這裡，每個人都說『跟我來吧』，」愛麗絲心想，慢慢跟著獅鷲獸。「我這一生從來沒有像這樣被人使喚過來、使喚過去，從沒有過！」

他們沒走多久就遠遠看見了假龜，悲傷又孤單地坐在石頭邊。他們走近時，愛麗絲聽到他嘆著氣好像他的心要碎了。她覺得他好可憐。「他爲什麼這麼傷心呢？」她問獅鷲獸。獅鷲獸的回答幾乎和剛才一樣，「一切都是他想像出來的，妳知道，他沒什麼好傷心的。跟我來吧！」

於是他們走向假龜。他大大的眼睛裡滿是淚水，看著他們，卻一句話也沒說。

「這邊這位年輕女士，」獅鷲獸說。「她要聽你的故事，她是眞心的。」

「我會告訴她的，」假龜用低沉而空洞的語調說。「兩位請坐吧，在我講完之前，你們不要說話。」

於是他們都坐下了，好一會兒都沒人說話。愛麗絲心想，「我不知道如果他不開始講，怎麼會講完呢？」可是，她還是耐心地等候。

「從前，」假龜終於嘆了口氣，開始講話了。「我是隻眞的烏龜。」

這句話之後，又是好長一陣沉默，其間獅鷲獸偶爾發出「兮客兒」的聲音，還有假龜不斷地啜泣聲。愛麗絲差點想站起來說，「先生，眞謝

謝你有趣的故事，」可是一想到之後一定還有更多故事，她就乖乖坐著，什麼也不說。

「小時候，」假龜終於開口繼續說下去，他已經平靜多了，雖然三不五時還是有些嗚咽。「我們在大海的學校上課。老師是一隻老烏龜，我們都稱他陸龜。」

「如果他不是陸龜，你們爲什麼要叫他陸龜呢？」愛麗絲問道。

「我們稱他陸龜因爲他教起我們來，又嚕又龜毛，」假龜氣呼呼地說。「妳還眞笨耶！」

「妳居然問這麼簡單的問題，眞該感到可恥。」獅鷲獸補充了一句。他倆就坐著靜靜地看著可憐的愛麗絲，她眞想找個地洞鑽進去。最後，獅鷲獸勸假龜，「繼續說下去吧，老夥伴！別耗了整天工夫在這件事情上！」假龜就又開始說話了。

「對啊，我們在大海的學校上課，儘管妳不太相信……」

「我從沒說我不信。」愛麗絲解釋。

「妳說了。」假龜回答。

「閉上妳的嘴！」獅鷲獸在愛麗絲再度開口前，阻止了她。假龜繼續說下去。

「我們接受最好的教育——事實上，我們每天上學……」

「我白天**也上**學，」愛麗絲說。「你用不著那麼驕傲。」

「有額外的課嗎？」假龜有些急躁地問道。

「有，」愛麗絲說。「我們學法文和音樂。」

「有洗衣課嗎？」假龜問。

「當然沒有！」愛麗絲很不以爲然地說。

「那你們學校不夠好，」假龜鬆了一口氣。「現在我們學校學費單最後都會加上『法文、音樂，和洗衣——額外』。」

「你住在海底，不需要洗衣，」愛麗絲說。

「我付不起學費，」假龜嘆了口氣。「我只能修一般課程。」

「那是什麼課程？」愛麗絲問。

「捲動和扭動當然是入門的課程，」假龜回答。「接著是算數的四則運算——野心法、分心法、醜化法，和嘲弄法。」

「我從沒聽過醜化法，」愛麗絲斗膽說。「那是什麼？」

獅鷲獸驚訝到舉起了他的雙爪。「妳沒聽過醜化法？」他喊著。「我想，妳知道美化法吧？」

「是啊，」愛麗絲不確定地說。「意思是——讓——所有東西——更漂亮。」

「那麼，」獅鷲獸又說了。「如果妳不知道醜化法是什麼，妳**真是**個蠢材。」

愛麗絲不敢再問下去，就轉向假龜，說：「你還學其他的嗎？」

「還有神祕學」，假龜回答，用雙手數著科目。「神祕學，古代與現代的，海洋學、還有慢慢說話課——教這門課的老師是一條老鰻魚，一週來上一次課。除了說話慢以外，他還教我們伸展和捲著昏倒。」

「那是什麼樣子？」愛麗絲說。

「喔，我自己沒辦法做給妳看，」假龜說。「我太僵硬了。獅鷲獸卻沒學過。」

「我沒時間啊，」獅鷲獸說。「我去上古典老師的課了，他是隻老蟹，眞的。」

「我從沒去找過他，」假龜說著又嘆了口氣。「大家說他教的是歡笑與哀傷。」

「沒錯，沒錯。」獅鷲獸說著，換他嘆了口氣，然後他倆都用手摀住了臉。

「你們一天上多少小時的課？」愛麗絲說，急著想換個話題。

「第一天十個小時，」假龜說。「第二天九個小時，以此類推。」

「好特別的設計！」愛麗絲叫著。

「這就是爲什麼叫它們爲『少課而不是上課』的理由啊，」獅鷲獸解釋。

「因爲課一天比一天少嘛。」

這對愛麗絲來說可眞是個新觀念，她思考了一下才說出她的問題：「所以第十一天就是假日嘍？」

「那當然啦！」假龜說。

「第十二天怎麼辦呢？」愛麗絲繼續熱烈發問。

「我們講課程講得夠多了，」獅鷲獸用堅決的語氣打斷了談話。「跟她講講遊戲的故事吧。」

10
CHAPTER

第十章

龍蝦方塊舞

假龜深深地嘆了口氣，用手背抹過雙眼。他看著愛麗絲想說什麼，可是有一兩分鐘，啜泣使他說不出話來。「就像有根骨頭卡在他喉嚨裡一樣，」獅鷲說完，搖他又捶他的背。最後，假龜聲音回復了，淚水流過雙頰，他繼續說著他的故事。

「妳可能沒有常在海底生活過——」（「我沒有，」愛麗絲說。）「——而且也許妳從來不知道有龍蝦——」（愛麗絲不加思索說，「我嘗過一次——」

但隨即又停下來改口說：「沒有，從不知道。」）「——所以妳不曉得龍蝦方塊舞這件令人愉快的事了！」

「我可眞不曉得，」愛麗絲說。「那是什麼樣的舞啊？」

「喔，」獅鷲獸說。「先在海灘上排一列……」

「兩列！」假龜喊著。「有海豹、烏龜、鮭魚等等。等把所有的水母都清除掉了……」

「那通常得花一些時間完成，」獅鷲獸打岔。「前進兩次……」

「每一次都有一隻龍蝦當舞伴！」獅鷲獸喊著。

「當然，」假龜說。「前進兩次，找好舞伴……」

「換龍蝦，再退回原位。」獅鷲獸接著說。

「然後你知道的，」假龜繼續說。「用力丟出……」

「龍蝦！」獅鷲獸大叫，還猛地往上一躍。「使盡全力丟到海上越遠越好。」

「游泳過去追上他們，」獅鷲獸尖叫著。

「在海裡翻個筋斗，」假龜喊著，還興奮地跳躍。

「再換隻龍蝦！」獅鷲獸高呼。

「返回岸上，這就是第一節的舞步。」假龜說，突然降低了聲調。兩個剛剛還直像瘋子樣蹦蹦跳跳的傢伙，又

坐下來哀傷安靜地看著愛麗絲。

「那一定是非常好看的舞蹈。」愛麗絲怯怯地說。

「妳想看一小段嗎？」假龜說。

「非常想。」愛麗絲說。

「來吧，我們試試第一節！」假龜跟獅鷲獸說。「沒有龍蝦我們還是可以跳，你知道的。誰來唱歌呢？」

「你唱，」獅鷲獸說。「我忘了歌詞。」

於是他倆認眞地繞著愛麗絲舞啊舞的，偶爾他們離她太近了，還會踩到她的腳趾，他們揮著前爪打拍子，假龜緩慢而哀傷地唱著歌。

鱈魚對著蝸牛說：「你能不能走快點？」
有隻海豚跟得緊，一直踩到我尾巴。
看看龍蝦和烏龜，往前走得多匆忙！
他們等在石灘上——你要不要齊跳舞？
要嗎？不要，要嗎？不要。你要不要齊跳舞？
要嗎？不要，要嗎？不要。你要不要齊跳舞？

「你不知道我們會有多快活，
與龍蝦一起，被高高抬起丟下海。」
蝸牛懷疑回答道，「拋太遠，太遠了！」

禮貌周到謝鱈魚，他可不想齊跳舞。
不想，不能，不想，不能，不想一齊去跳舞。
不想，不能，不想，不能，不想一齊去跳舞。

「多遠哪有啥關係？」他的鱗片朋友這麼說。
「你知道，大海那頭還有個海岸。
離英格蘭越遠，離法蘭西越近。
臉色別發白，親愛的好蝸牛，就來一起跳個舞。
要嗎？不要，要嗎？不要。你要不要齊跳舞？
要嗎？不要，要嗎？不要。你要不要齊跳舞？」

「謝謝你們，這舞蹈很好看，」愛麗絲說，心裡覺得很高興因爲一切總算結束了。「我眞喜歡那首鱈魚的歌，好特別！」

「喔，講起鱈魚，」假龜說。「妳應該見過他們吧？」

「是啊，我常在餐……」愛麗絲自覺地趕緊停下不說了。

「我不知道『餐』可能在哪兒，」假龜說。「不過如果常看到他們，妳當然知道他們長得什麼樣子？」

「我想是吧，」愛麗絲若有所思地回答。「他們把尾巴含在嘴裡，身上滿是麵包屑。」

「妳搞錯麵包屑的事了，」假龜說。「在海裡麵包屑就被沖掉了。不過他們是把尾巴含在嘴裡，因爲……」此時，假龜打了個哈欠，就閉上了雙眼。「你跟她說是什麼原因。」他告訴獅鷲獸。

「原因是，」獅鷲獸說。「他們和龍蝦一起去跳舞，所以他們被扔到大海。所以他們會從很遠的地方掉下來。所以他們把尾巴緊緊含在嘴裡。所以他們就拿不出尾巴來了。就這麼回事。」

「謝謝你，」愛麗絲說。「眞有趣。我以前從來不知道這麼多鱈魚的事。」

「如果妳喜歡的話，我可以告訴妳更多事，」獅鷲獸說。「妳知道他爲什麼叫鱈魚嗎？」

「我從來沒想過，」愛麗絲說。「爲什麼？」

「因爲**他可以給靴子和鞋子上色**。」獅鷲獸認眞地回答。

愛麗絲完全被搞糊塗了。「給靴子和鞋子上色？」她用驚訝的語氣重複說了一次。

「妳的鞋子是怎麼上色的？」獅鷲獸說。「我的意思是，是什麼讓妳的鞋子亮晶晶的？」

愛麗絲低頭看看她的鞋子，想了想才回答：「我想是用黑色鞋油擦的。」

「海裡的靴子和鞋子，」獅鷲獸用低沉的聲音說。「是用鱈魚擦成白色的。」

「那些靴子鞋子是用什麼做的？」愛麗絲很好奇地問。

「當然是用比目魚和鰻魚啊，」獅鷲獸不耐煩地回答。「連小蝦子都說得出來。」

「如果我是鱈魚，」愛麗絲說，腦海裡滿是那首歌的餘音。「我就會告訴海豚，『請離我們遠一點，我們不要你作伴！』」

「他們一定要有海豚作伴，」假龜說。「聰明的魚兒無論到哪兒都會帶隻海豚。」

「眞的嗎？」愛麗絲覺得很意外。

「當然是眞的，」假龜說。「如果有條魚來跟我說，他要去旅行，我會問：『你跟哪種海豚去啊？』」

「你該不會是想說『爲什麼要去』吧？」愛麗絲說。

「我說了算，」假龜帶著防衛的語氣回答。獅鷲獸補上一句，「好啦，我們再多聽些妳的探險吧。」

「我可以從今天早上的探險說起，」愛麗絲怕怕地說。「從昨天說起沒什麼意思，因爲昨天的我是個不一樣的人。」

「說明一下。」假龜說。

「不，不。探險故事優先，」獅鷲獸不耐煩地說。「說明會耗費太多時間。」

於是愛麗絲告訴他們從初遇大白兔開始的探險。剛開講時，她有些緊張，那兩隻動物緊靠著她，一邊一隻，眼睛嘴巴張得大大的。可是她越講越有膽，她的聽眾專心聽著。當她講到她爲毛毛蟲背誦〈威廉老爸您老了〉，她卻全都背錯時，假龜深呼吸了一下，說：「眞奇怪啊！」

「眞是怪得不能再怪了。」獅鷲獸說。

「沒有一個字是對的！」假龜若有所思地重複著。「我想讓她再試試看背誦其他的。叫她開始吧。」他看著獅鷲獸，好像覺得他比較能使喚愛麗絲。

「站起來，背〈懶人的聲音〉，」獅鷲獸說。

「這些動物盡然使喚人，命令人背書！」愛麗絲心想。「這樣我立刻回學校去更好。」雖然這麼想，她還是站起來，開始背書。不過她滿腦子都是龍蝦方塊舞，所以根本不知道她在背什麼，句子非常怪異。

「那是龍蝦的聲音，我聽他這麼說，
『你把我烤得太焦了，害我得在鬍鬚上加糖。』
就像鴨子用眼皮整裝自己，龍蝦用鼻子整裝自己：
理好皮帶和釦子，再把腳趾往外翻。
當沙灘一片乾燥，他像雲雀一樣快樂，
說起鯊魚，語調充滿了輕視；
可是漲潮時，鯊魚處處游蕩，
他的聲音聽起來膽小而顫慄。」

「這跟我小時候背的都不一樣。」獅鷲獸說。

「這我從來沒聽過，」假龜說。「不過聽起來是胡扯亂謅。」

愛麗絲什麼也沒說，又坐了下來，雙手摀著臉，不知道一切是否能夠再度恢復正常。

「我要個解釋，」假龜說。

「她沒辦法解釋的，」獅鷲獸匆匆說。「繼續背下一首吧。」

「可是他的腳趾怎麼了？」假龜執意要求解釋。「他怎麼能夠用鼻子把腳趾往外翻，你懂嗎？」

「那是跳舞的第一個姿勢，」愛麗絲說。其實整件事讓她非常困惑，她只希望能換個話題。

「繼續背下一首，」獅鷲獸不耐煩地又說一次。「開頭是『我路過他的

花園』。」

愛麗絲不敢不從，即使她確信這次還是會背錯，她依然用顫抖的聲音背了起來。

「我路過他的花園，用一隻眼睛瞧見

貓頭鷹和美洲豹正在分享一個派。

美洲豹拿了派皮、肉汁，和肉餡，

而貓頭鷹卻只得到了那個盤子。

派吃完了，貓頭鷹得到了一個賞賜，

就是被寬厚地准許帶走湯匙；

而美洲豹一聲低吼得到了刀叉，

這場宴會就以……結束。」

「光是背這些有什麼用，」假龜打岔。「如果妳背的時候都不解釋？這是我所聽過最令人困惑的背誦了！」

「是啊，我想妳就別再背了。」獅鷲獸也說，正如愛麗絲所願。

「我們再來跳龍蝦方塊舞吧？」獅鷲獸繼續說。「還是妳想要假龜為妳唱首歌？」

「唱歌，好啊，如果假龜願意的話，」愛麗絲回答得太熱切，讓獅鷲獸覺得不以為然，就說，「哼，沒品味！就為她唱首〈烏龜湯〉吧，好嗎，老朋友？」

假龜深深嘆了一口氣，然後開始唱了起來，聲音有時還會被啜泣嗆到。

「美味的湯，濃郁又鮮脆，
熱呼呼的蓋碗裡悶煮著！
誰不會為這精緻美食哈個腰？
晚宴的湯，美味的湯！
晚宴的湯，美味的湯！
美……味……的……湯！
美……味……的……湯！
晚……宴……的……湯，
美味……美味的湯！

美味的湯！誰還在乎魚，
野味，或者其他菜色？
誰不想來嚐一嚐
兩便士的美味湯？
兩便士的美味湯？
美……味……的……湯！
美……味……的……湯！
晚……宴……的……湯，
美味，美……味……的……湯！」

「再來次合唱……」獅鷲獸喊叫著，假龜才剛開始第二次唱時，突然遠處傳來一聲「審判開始了！」

「來吧！」獅鷲獸喊著，手拉著愛麗絲，趕緊走了，沒等那首歌唱完。

「什麼審判啊？」愛麗絲跑得好喘，可是獅鷲獸只說著「來吧！」跑得更快了。那隨著微風飄來的哀傷歌聲，愈來愈淡了。

「晚……宴……的……湯，

美味……美味的湯！」

11
CHAPTER

第十一章

誰偷了果塔？

他們到達時，紅心國王和王后坐在寶座上，身邊一大群群衆有各式各樣的鳥獸和整套的撲克牌。紅心傑克被銬著，站在國王和王后面前，兩邊各有一名士兵看守著他。白兔站在國王旁邊，一隻手拿著喇叭，另一隻手拿著羊皮紙卷軸。法庭中央擺了張桌子，上面放著一大盤果塔，因爲看起來很可口，愛麗絲禁不住飢餓地瞪著看——「我希望審判能結束，」她心想。「然後點心可以傳給大家吃！」不過看起來是沒這個機會，所以她只好東瞧西瞧打發時間。

愛麗絲從沒上過法庭，可是她在書上讀過，所以她頗爲開心地發現，她幾乎知道所有事物的名稱。「那是法官，」她自言自語。「因爲他戴著很長的假髮。」

順便提一下，法官就是國王本人，所以他把王冠戴在假髮上，（如果你要知道他是怎麼戴的，看看卷首插畫就知道了。）他看起來不太舒服，那樣戴也眞是不搭。

「那是陪審團的席位，」愛麗絲想。「那十二隻動物（她得說『動物』，因爲有些是獸類，有些是鳥類），我猜他們就是陪審員。」她把最後那個詞複送給自己聽了兩三次，覺得很自豪。她想，而且也確是如此，很少像她一般年紀的女孩會知道那是什麼意思。不過，說成「陪審的人」也是可以的。

十二位陪審員都忙著在石板上寫東西。「他們在做什麼啊？」愛麗絲跟獅鷲獸耳語。「在審判開始前，他們還不能寫下任何東西。」

「他們在寫的是自己的名字，」獅鷲獸耳語回答愛麗絲。「免得審判還沒結束前，他們就忘了。」

「笨東西！」愛麗絲憤慨地大叫，但是很快就停下來了，因爲白兔喊著，「法庭內肅靜！」，國王也戴上眼鏡，急切地四處張望，要找出是誰在吵鬧。

愛麗絲轉頭，注意到所有的陪審員都在石板上記下「笨東西！」她甚至看得出其中一位陪審員不會寫「笨」這個字，還叫他旁邊的人教他。「審判結束前，他們石板一定被寫得亂七八糟了，」愛麗絲心想。

有位陪審員的鉛筆寫起字來會吱吱叫，吵得讓愛麗絲受不了。她就繞到他身後，很快找到個機會，把筆拿走了。她動作快得讓那可憐的小陪審員（就是比爾蜥蜴）來不及搞清楚他的筆怎麼不見了；遍尋不著，接下來的時間，他只得用一隻手指來寫字。可是這用處不大，因爲石板上看不到任何字跡。

「傳令官，宣讀起訴書！」國王說。

聽令後，白兔吹了三響喇叭，打開卷軸，宣讀如下：

「紅心王后，做了好些果塔，
就在一個夏日。
紅心傑克，偷了那些果塔，
拿到遠遠的地方！」

「考慮你們的判決吧，」國王對陪審團說。

「還沒，還沒！」白兔急忙打岔。「判決之前還有許多程序要進行！」

「傳喚第一位證人，」國王說。白兔又吹三響喇叭，傳令：「第一位證人！」

第一位證人是帽匠。他進來的時候，一隻手拿著茶杯，另一隻手拿著一片奶油麵包。「請原諒，陛下，」他說。「我帶了這些東西進來，我被傳喚的時候，還沒喝完茶。」

「你應該用完了茶點才對，」國王說。「你何時開始用茶點的？」

帽匠看看跟他一起來法庭的三月兔，還有和三月兔挽著手臂一起來的睡鼠。「我想是三月十四日吧，」他說。

「十五日。」三月兔說。

「十六日。」睡鼠說。

「把那些都記下來。」國王告訴陪審團。陪審團就熱切地在石板上記下了那三個日期，加起來以後的結果，換算成先令和便士。

「脫掉你的帽子。」國王告訴帽匠。

「那不是我的，」帽匠說。「偷來的！」國王對著陪審團大喊，於是陪審團立刻又記下了這筆紀錄。

「我留著它們要賣掉的，」帽匠補充說。「我沒有自己的帽子，我是做帽子的。」

這時候王后戴上了眼鏡，開始瞪著帽匠看，搞得帽匠臉色蒼白，坐立不安。

「提供你的證詞，」國王說。「還有，你作證別緊張，否則我當場處決你。」

這話好像對證人沒什麼鼓勵的作用，他的兩隻腳不停地動來動去，不安地看著王后，還緊張地把茶杯當成奶油麵包咬了一大口。

就在這時候，愛麗絲有一種奇怪的感覺。她本來不知道怎麼回事，後來她發現自己又在長大了。起初她想起身離開法庭，再想了一下，她決定只要空間足夠，她就要留下來。

「我希望妳不要擠過來，」坐在她旁邊的睡鼠說。「我幾乎無法呼吸了。」

「我沒辦法啊，」愛麗絲非常溫和地說。「我正在長大。」

「妳沒有權利在這兒長大。」睡鼠說。

「別胡說，」愛麗絲比較大膽地說。「要知道你也正在長大。」

「對啊，可是我是按照合理的速度成長，」睡鼠說。「不是像妳那樣荒謬的樣子。」然後他很不高興地站起來，走到法庭的另一邊去了。

這段時間，王后依然瞪著帽匠看，當睡鼠穿過法庭時，她告訴一名法警，「去把上次演奏會歌手的名單拿給我看！」一聽此令，可憐的帽匠發抖到連兩隻鞋都抖掉了。

「提供證詞，」國王生氣地又說了一次。「否則不管你緊不緊張，我都會立刻將你處決。」

「我是個可憐人，陛下，」帽匠發抖地說。「我開始喝茶——大概還沒超過一個星期——而且奶油麵包愈來愈薄——還有亮晶晶的茶……」

「亮晶晶的什麼?」國王說。

「是從茶［tea］開始的，」帽匠回答。

「當然亮晶晶這個字的第一個字母是『T』啊！」國王尖銳地說。「你當我是蠢蛋嗎？繼續說下去。」

「我是個可憐人，」帽匠繼續說。「自從那件事以後大部分的東西都變得亮晶晶的——只有三月兔說……」

「我沒說。」三月兔趕快插嘴。

「你說了。」帽匠說。

「我否認。」三月兔說。

「他否認，」國王說。「就略過那部分。」

「無論如何，睡鼠說……」帽匠接著講，同時焦慮地要知道睡鼠是否又要否認了；可是睡鼠什麼也沒否認，因爲他已經呼呼大睡了。

「在那之後，」帽匠繼續。「我又切了些奶油麵包……」

「到底睡鼠說了什麼呢？」有位陪審員問道。

「那我不記得了。」帽匠說。

「你一定得記起來，」國王下令。「否則我會處決你。」

可憐的帽匠丟下了他的茶杯和奶油麵包，單膝跪地，「我是個可憐人啊，陛下，」他說。

「你是個很不會說話的人。」國王說。

這時有隻天竺鼠歡呼起來，立刻被法警壓制（因為制止是個嚴重的字眼，我得解釋一下。他們把天竺鼠頭朝內丟進一個大帆布袋，用細繩把封口綁緊，再坐在那上面。）

「真高興我目睹了這個過程，」愛麗絲心想。「我曾經在報紙上讀過，說審判結束時，『有人試圖喝采，但立刻被法警壓制了』。我到現在才了解那是什麼意思。」

「如果你知道的就這些，你就可以站下去了。」國王繼續說。

「我不能更下去了，」帽匠說。「事實上，我已經站在地板上了。」

「那麼你可以**坐下**。」國王說。

此時，另一隻天竺鼠歡呼起來，同樣被壓制了。

「好，天竺鼠解決了！」愛麗絲心想。「現在我們可以順利進行些了。」

「我還有茶得喝完。」帽匠說，他焦慮地看著王后，她正在看歌手的名單。

「你可以離開了。」國王說。帽匠迅速衝出法庭，急得根本不等穿好鞋子再走。

「——在外面砍了他的腦袋，」王后這麼命令一個警衛，可是警衛還沒到門邊，帽匠就已經跑得不見人影。

「傳喚下一位證人，」國王說。

第二位證人是公爵夫人的廚娘。她手裡拿著胡椒盒，在她還沒有進入法庭之前，靠近法庭門邊的人就馬上開始打噴嚏，愛麗絲就猜到證人是誰了。

「提供妳的證詞，」國王說。

「不行，」廚娘說。

國王不安地看著白兔，他低聲說，「陛下一定得交叉詢問**這個證人**。」

「好，如果是我該做的事，我就得做。」國王神情憂鬱地說。他交叉雙臂，眉頭皺到幾乎看不到眼睛了，他才用低沉的聲音問道，「果塔是用什麼做的？」

「大部分是胡椒。」廚娘說。

「糖蜜。」她身後一個睡得迷糊的聲音說。

「抓住那隻睡鼠！」王后尖叫著。「砍了睡鼠的腦袋！把他給我扔出法庭！壓制住他！掐住他！拔了他的鬍鬚！」

整個法庭大亂，大家忙著把睡鼠趕出去，等這事辦完了，才發現廚娘不見了。

「別管了！」國王鬆了一口氣地說。「傳喚下一位證人，」國王說。然後他低聲跟王后說，「真的，親愛的，妳一定得審訊下一位證人了。我頭痛得很。」

愛麗絲看到白兔摸索著名單，很好奇想知道下一位證人會是誰，「他們還沒得到多少證詞啊，」她心想。當白兔尖聲喊出「愛麗絲」的名字時，大家可以想像到愛麗絲有多意外了！

12
CHAPTER

第十二章

愛麗絲的證詞

「在這兒。」愛麗絲回應，完全忘記在剛才的慌亂裡，她已經長得多大了。她突然起身，裙襬翻倒了陪審席，所有的陪審員都掉到下面群眾的頭上，四處攤躺著。這情景讓她想起一個星期前，她無意中打翻的魚缸。

「喔，請多多原諒！」她驚叫的語氣滿是沮喪，開始盡快扶起大家，因爲打翻魚缸的經驗不斷在她腦中湧現，恍神間，她覺得要趕快把陪審員放回席位，要不然他們會死去。

「審判無法進行，」國王嚴肅地說。「除非全體陪審員都回到他們原來的座位——全體，」他特別強調，說話時還嚴厲地看著愛麗絲。

愛麗絲看了看陪審員，發現她在匆忙之間，把蜥蜴放成頭下腳上，那可憐的小東西憂傷地搖著尾巴，卻動彈不得。她趕緊把他拉出來，再正確地放回座位。「應該沒什麼關係，」愛麗絲告訴自己。「我想不管他坐著是頭在上或腳在上，對審判都沒什麼影響。」

當陪審團從動亂的驚嚇中稍微恢復過來，他們的石板和筆都被找到而且歸還給他們的時候，他們就非常勤快地記錄了發生的意外。不過蜥蜴是個例外，他似乎受到的驚嚇過大，以致於只能張著嘴枯坐，瞪著法庭的天花板看。

「妳對這個案子，知道些什麼？」國王問愛麗絲。

「什麼都不知道。」愛麗絲說。

「一點都不知道？」國王再問。

「一點都不知道。」愛麗絲說。

「這證詞很重要，」國王對陪審團說。他們正要把這記在石板上時，白兔打岔說，「陛下的意思是，當然很不重要，」他恭恭敬敬地表示，同時卻又跟國王扮個怪臉。

「很不重要，當然，這就是我的意思，」國王很快接著回應，然後小聲自言自語，「重要—很不重要—很不重要—重要—」，彷彿他在決定哪個字聽起來比較順耳。

有些陪審員記下了「重要」，有些人則記下「很不重要」。愛麗絲剛好很靠近他們，看得見他們石板上的紀錄。可是她心想，「這一點差別也沒有。」

國王本來忙著在他的筆記書上寫字，此時大聲宣告，「肅靜！」然後看著書本唸出來，「第四十二條，所有超過一英里高的人都要離開法庭。」

大家都看著愛麗絲。

「我沒有一英里那麼高。」愛麗絲說。

「妳有。」國王說。

「妳將近有兩英里高。」王后補充。

「無論如何，我不會離開的，」愛麗絲說。「此外，本來沒有這條規定，這是你剛剛才編出來的。」

「這是書裡最古老的規定。」國王說。

「那就應該是第一條規定才對。」愛麗絲說。

國王臉色蒼白，很快闔上書本。「考慮你們的判決吧。」國王對陪審團說，聲音低又顫抖著。

「還有更多證詞呢，陛下，」白兔說著，急忙起身。「這份文件是剛剛撿到的。」

「裡面寫的是什麼？」王后問。

「我還沒打開看，」白兔說。「不過看起來像是一封信，是犯人寫給……某個人的。」

「一定是這樣的，」國王說。「除非它不是寫給任何收件人的，但這是不尋常的，你知道。」

「它是寫給誰的？」有位陪審員問。

「沒有人名或地址，」白兔說。「事實上，外面什麼也沒寫。」他邊說邊打開文件，然後說，「那不是一封信，是一首詩。」

「是犯人的筆跡嗎？」另一位陪審員問。

「不是，」白兔說。「那才是最奇怪的事。（所有的陪審員都迷糊了。）

「一定是他模仿別人的筆跡。」國王說。（所有的陪審員又豁然開朗起來。）

「陛下，」紅心傑克說。「那不是我寫的，也沒有證據證明是我寫的：末尾並沒有署名啊。」

「假使你沒有署名，」國王說。「只會讓事情更糟糕。你一定想搞什麼鬼，否則你就會像一個正直的人一樣署名了。」

一聽此言，大家一致拍手致意。這是當天國王說的第一句智慧之言。

「這就證明他有罪。」王后說。

「這證明不了什麼，」愛麗絲說。「你們根本不知道那首詩寫的是什麼！」

「把詩讀出來。」國王說。

白兔戴上了眼鏡，問道，「要我從哪兒讀起，陛下？」

「從頭讀起，」國王嚴肅地說。「一直讀到最後，再停下來。」

以下就是白兔所讀的詩句。

「他們告訴我，你去拜訪過她，
還跟他提到了我。
她說我人品好，
又說我不會游泳。

他告訴他們，我沒去過
（我們知道那是真的）
假使她再逼得緊一點，
你會發生什麼事？

我給她一，他們給他二，
你給我們三或更多；
他們把所有的，都從他那兒拿回來還給你，
雖然那所有的，以前都是我的。

假使我或她居然
牽扯到此事，
他相信你會放他們自由，
正如我們一樣。

我知道，你早已經是
（在她發飆之前）
一道障礙，橫阻在
他，和我們，和它之間。

別讓他知道，她最喜歡他們，
這一定得是一個永遠的
祕密，沒有人能知道，
除了你和我。」

「這是到目前爲止，我們所聽到最重要的證詞了，」國王搓著雙手說。「所以現在請陪審團……」

「如果他們任何一位能解釋一下，」愛麗絲說。（她在過去幾分鐘內又長大了許多，所以一點也不避諱國王說話時插嘴了。）「我會給他六便士。我不相信這證詞有任何意義。」

全體陪審團紛紛在他們的石板上記下了，「她不相信證詞有任何意義。」

可是，沒人願意試試解說一下。

「如果那沒有意義，」國王說。「就省了天大的麻煩，你們知道吧，因爲我們不需要花工夫找什麼意義了。然而我不知道，」他繼續說道，把詩文攤在他膝上，用單眼閱讀著，「我好像看出它們畢竟有一些意義。例如『……說我不會游泳……』，你不會游泳，對嗎？」他轉身問紅心傑克。

紅心傑克悲哀地搖了搖頭：「我看起來會游泳嗎？」他說。（他是真的鐵定不會游泳，因為他完全是由紙板做成的。）

「好吧，到目前爲止，」國王說著，仍然繼續自顧自地唸著那些詩句，「『我們知道那是眞的』——那當然是陪審團——『我給她一，他們給他二——』咦，那一定是指他拿的果塔，你知道的……」

「不過，接下來說的是『他們把所有的，都從他那兒拿回來還給你』，」

愛麗絲說。

「哎呀，它們就在那兒啊！」國王得意洋洋地說，指著桌上的果塔。「沒什麼比那更清楚的了。接下來是──『在她發飆之前』──親愛的，我想妳從來沒發飆吧？」他問王后。

「從來沒有！」王后暴怒地說，說話當兒，她扔的墨水架正好砸到蜥蜴。（倒楣的小比爾已經不再用手指在石板上寫字了，理由是他發現沒有字跡；可是他現在趕快開始沾著從他臉上留下來的墨水寫字了，流多少寫多少。）

「那麼這句詩就不是針對妳囉，」國王說，還帶著微笑環視法庭一圈，現場卻一片死寂。

「那是雙關語！」國王氣呼呼地補了一句，結果大家都笑了。「讓評審團考慮他們的判決吧，」這句話國王當天已經說過大概二十次了。

「不行，不行！」王后說。「先判刑，再判決。」

「眞是胡說！」愛麗絲說。「哪有先判刑的！」

「閉嘴！」王后說，氣得發紫。

「我不！」愛麗絲說。

「砍了她的腦袋！」王后尖聲大叫，卻沒有人動。

「誰理妳啊？」愛麗絲說。（她現在已經長大到原來的尺寸了）「你們只不過是一副紙牌罷了！」

此話一出，整副紙牌飛到空中，再向著她俯衝。她尖叫一聲，又怕又氣，試著要打掉它們，卻發現她自己躺在河畔，頭枕在姊姊的腿上，姊姊輕輕地把從樹上掉到她臉上的枯葉揮去。

「醒醒，愛麗絲，親愛的！」她的姊姊叫著她。「呀，妳睡了好久啊！」

「喔，我做了一個好奇怪

的夢！」愛麗絲說。於是，她盡可能地告訴姊姊她所記得的內容，就是各位剛才讀到所有奇異的探險。等她說完了，姊姊親了她一下，說道：「那眞的是一個奇怪的夢啊，親愛的。可是妳現在得跑去喝妳的茶了，天快黑了。」愛麗絲就站起來跑走了，在途中，她一直想著她的夢多麼奇妙啊。

不過，她離開後，她姊姊仍然坐在原地，手托著頭，看著夕陽，想著小愛麗絲和所有她的奇妙探險，直到她也同樣地做起夢來。這就是她的夢。

首先，她夢到了小愛麗絲：再次，她的小手緊抱著膝蓋，大而明亮的雙眼看著她的眼睛；她能聽到她特別的聲調；看到她古怪地晃頭晃腦，好把常常扎到她眼睛的亂髮甩回去。然而，當她聆聽，或說好像在聆聽時，她的週遭因爲妹妹夢中奇異的動物們，而變得鮮活起來。

白兔匆匆走過時，長長的草在她腳下沙沙作響；受驚的老鼠，拍著水越過鄰近的水池。她聽得到三月兔和他的朋友享用不停息的茶會時，茶杯輕碰嘎嘎的聲響；還有王后刺耳的命令砍了她不幸賓客的腦袋。豬寶寶又回到公爵夫人的膝上打著噴嚏，四處散落著破碎的盤子和碟子。獅鷲獸尖細的聲音，蜥蜴吱吱叫的石板筆聲音，天竺鼠被壓制的喘息聲音都充滿在空氣裡，混合著遠處悲慘假龜的啜泣聲。

她繼續坐著，閉著眼睛，想像自己在奇境裡，雖然她知道，只要一張開雙眼，一切都會回復為乏味的現實世界：草兒沙沙作響只是風的作用，池裡的漣漪不過是因蘆葦的擺動，嘎嘎的茶杯聲會變成叮叮的羊鈴聲，王后刺耳的叫聲換成牧羊童的聲音。嬰孩的噴嚏聲、獅鷲獸的尖細聲，和所有其他奇怪的聲響都會成為（她知道）忙碌農家混雜的熙攘聲，而遠處低沉的牛哞聲則會取代假龜深沉的啜泣聲。

最後，她想像她的這個小妹妹將來會長成一位成年的女子，在她慢慢成熟的年歲裡，她會保有孩童單純而親愛的心靈。她會吸引其他小孩子，告訴他們許多故事，像她從前夢到的奇境故事，孩子們聽得眼睛明亮而熱誠；她會感同身受他們所有小小的哀傷，也會在他們所有的小小喜樂裡，找到歡愉。她會記得她自己童年的生活，還有那些夏天的歡樂日子。

復活節的問候

給每一個喜歡愛麗絲的孩子

親愛的孩子，

如果可以的話，請想像你在讀一封真正的信，來自一個真正的朋友，你看過他，好像聽到他在祝福你復活節快樂的聲音，這正是我此刻全心全意在做的事。

你體會過嗎？當你在一個夏日的早晨，剛睡醒時那種美好似夢的感覺——空中鳥兒們嘰嘰喳喳，清新的微風從窗外拂來；當你懶洋洋地躺在床上，眼睛半睜半閉著，似夢似真看見青綠樹木搖曳生姿，河水在金色的曙光中泛著漣漪。那是一種幾乎和悲傷一樣的喜悅，就像一幅美麗的畫或一首美麗的詩，都能讓你淚水盈眶。那不就是母親拉開窗簾溫柔的手，母親喚你起床甜蜜的聲音？在明亮的陽光下起床，忘掉那在夜晚嚇著你的噩夢，起床享受另一個快樂的日子，是不是要先跪下來感謝那位看不見的朋友，祂給了你美麗的太陽？

寫出像愛麗絲這樣一本書的作者，居然會說出這些話，是不是讓人覺得奇怪呢？在這樣一本荒誕不經的書末，有這樣一封信，是不是也讓人覺得奇怪呢？也許是吧。有些人可能會怪我，把嚴肅的事情和輕鬆的事情混在一起；其他人可能會一笑置之，覺得除了禮拜日在教堂以外的時地，有人講這麼莊嚴的話聽起來很怪異。可是，我想——不，我確定——有些孩子們會沉靜鍾愛地閱讀這封信；這也是我寫此信時的心情。

我不相信上帝要我們把生活斷然一分為二：在禮拜日擺著一張嚴肅的

臉，而在平常日，連提到祂都被指為不守分際。你覺得祂只在乎跪拜的信眾，只傾聽禱告的聲音嗎？你覺得祂不喜歡看到祂的綿羊在陽光下飛躍，不喜歡聽到孩童們在乾草堆上翻滾的歡笑聲嗎？想必孩童天真無邪的笑聲在祂聽來，就像最好的讚美詩一樣甜美吧？——即使那讚美詩聲來自某個莊嚴的大教堂，裡面有著「朦朧的宗教聖光」。

如果我已經為我珍愛的孩童們寫了天真健康又有娛樂性的故事書，希望將來我要走過陰影之谷時，我不會恥於或哀於閱讀這些故事（因為有太多的生命記憶會被喚起）。

這復活節的陽光會籠罩著你，親愛的孩子，去感受你的「生命充滿在四肢」裡，熱切地沉浸入早晨的新鮮空氣。在許多個復活節來來去去之後，你才會年老羸弱，疲倦地爬出屋外，想再晒一次太陽。不過，即使是現在，偶爾想到那重大的早晨，「必有公義的日頭出現，其光線有醫治之能」，也是件好事。

當你想起，有一天你將看到比現在更為光亮的晨曦，比搖曳的樹木和泛著漣漪的河水更美麗的景色；天使的手將為你拉開窗簾，比愛你的母親更甜美的聲音將喚你起床迎接嶄新又榮耀的一天；當所有讓你的生命在這小小的土地黯淡下來的悲哀與罪，像一個逝去夜晚的夢一樣被遺忘時，你的喜悅肯定不會比現在少！

你親愛的朋友，路易斯・卡洛爾

於復活節，1876年

聖誕節的問候

——一個精靈給孩子

親愛的小姐，如果精靈
有一刻能夠放下
狡黠的巧計和惡作劇的戲弄，
那必定是在快樂的耶誕時刻。

我們聽到孩童們說：
溫和的孩童啊，我們的摯愛——
很久以前，耶誕日那天，

從天上傳來一個信息。
而今，耶誕節即將來臨，
他們仍然記得它——
仍然回響著那個聲音，
「在地上，平安歸於祂喜悅的人。」

然而，在天堂所居的賓客，
其心必為童心。
對孩童們，在他們的歡樂裡，
經年都是耶誕時刻。

所以，親愛的小姐，
就那麼一刻，放下巧計和戲弄，
我們祝福妳，如果妳允許的話，
耶誕快樂，新年如意。

於耶誕節，1887年

愛麗絲夢遊仙境

【復刻 1865 年初版 Tenniel 爵士插圖 42 幅】

作　者	路易斯・卡洛爾（Lewis　Carroll）
社　長	張瑩瑩
總編輯	蔡麗真
編　輯	蔡欣育
校　對	林昌榮
行銷企劃	林麗紅
封面設計	萬勝安
內頁排版	劉孟宗
出　版	野人文化股份有限公司
發　行	遠足文化事業股份有限公司（讀書共和國出版集團）

地址：231 新北市新店區民權路 108-2 號 9 樓
電話：（02）2218-1417　傳眞：（02）8667-1065
電子信箱：service@bookrep.com.tw
網址：www.bookrep.com.tw
郵撥帳號：19504465 遠足文化事業股份有限公司
客服專線：0800-221-029

國家圖書館出版品預行編目 (CIP) 資料

愛麗絲夢遊仙境（復刻 1865 年初版 Tenniel 爵士插圖 42 幅）：獨家收錄愛麗絲奇幻國度特輯精裝全譯本 / 路易斯・卡洛爾 (Lewis Carroll) 著・初版・新北市：野人文化出版：遠足文化發行，2020.08
224 面；13×19 公分
譯自：Alice's adventures in wonderland
ISBN 978-986-384-433-4(平裝)

873.57　　109005196

法律顧問	華洋法律事務所　蘇文生律師
印　製	呈靖彩藝有限公司
初　版	2020 年 8 月
初版五刷	2023 年 1 0 月

DRINK

延伸閱讀———

小婦人（復刻精裝版）

【收錄1896年經典名家插畫120幅】

（150週年紀念．無刪節全譯本）

電影《她們》原著小說，

由梅莉史翠普、莎夏羅南、艾瑪華生與堤摩西柴勒梅德主演

跨世紀姊妹情誼經典．女性成長小說代表

★BBC《大閱讀TOP 200》

★《衛報》史上最佳100本小說

★美國《學校圖書館雜誌》票選百大兒童小說

★美國國家教育協會「老師們的百大兒童讀物」

★全書收錄1896年120幅復刻經典插畫

★獨家復刻1878年英國版純潔百合封面